# 啊殺！豬小子

李光福——著

蘇力卡 Zulieca Wu——圖

# 名家推薦

王友輝（台東大學兒文所所長）：

從孩子的眼光凝視生活與生命，描寫養豬戶小孩的成長歷程，娓娓道來、不慍不火、不卑不亢，童趣的角度十分吸引讀者的目光，尤其最後描寫對豬隻離開的不捨，更是令人動容卻不灑狗血，是相當有溫度的故事，餘韻令人回味無窮。

故事裡看似純屬意外的飼養「神豬」的過程，不僅趣味橫生、對照真實人生的寓意更是豐富，開啟了讀者尋常生命經驗之外的視野，可以領略不同社會角落的生活底蘊，以及在日常中默默堅持的生命活力。

**黃筱茵**（童書翻譯評論工作者）：

這部作品將鏡頭帶到較少人留意的鄉鎮角落，捕捉了養豬的祖孫簡樸拮据的生活境況，還有少年如何在磨人又瑣細的生活事務以及貧瘠的學習資源間找到希望。故事裡充滿寫實的日常生活細節與矛盾卻真切的情感，寫少年的疑惑與努力，也道出隔代教養的甘苦辛酸與貧富差距烙印的階級版圖，讓我們在閱讀時，心裡酸酸的，卻又在心底大聲聲援這位故事的主人翁，企盼他能在自己的生命旅途中找到力量。故事非常鮮活的描繪了養豬人家的日常，既寫出少年對豬隻的感情，也少見的描摹了在地的養神豬文化，將批判與建言不著痕跡的藏在淡然卻餘韻深長的故事裡。

## 黃秋芳（作家）：

生動的「異質生活」素描，懷舊生活的復古活力，無必然結局的日常切片，流暢溫暖，有一種平淡中的餘味。人對豬的豢養和取用是看得見的「殺」，外在的惡意是看不見的「殺」；跆拳道的「殺！」，是反撲的振作，也是化憤懣為努力的訊號，用紀律和力量凸顯出生命的吶喊，對不美好的人生，和其實並不是那麼完美的人格，多了些寬容，在隱微的批判中，帶著溫暖和善意。

# 目錄

# 1. 捨不得自相殘殺

聽到英文老師說「今天就教到這裡，下課。」我立刻站起身子。就在站起來的一瞬間，忽然覺得眼前發黑，天旋地轉，隨即又坐下來，低下頭，閉著眼睛休息。

「吳雅萱，要不要出去走一走？」有人問坐在我右邊的吳雅萱。

「我『好朋友』來，有點頭暈，我想休息，你去找別人吧！」吳雅萱說得很小聲，但還是被我聽到了。

「喔！好吧！那我去找別人了。」

微微睜開眼睛，眼前出現光亮了，我用斜眼瞄瞄吳雅萱，她正趴在桌上休息。

吳雅萱的「好朋友」來，所以頭暈。剛才我的頭也很暈，但不是「好朋友」來，因為我是男生，不可能有「好朋友」，我之所以頭暈，是因為早餐的關係——早上，我只喝了一碗稀飯、吞了兩塊罐頭麵筋，就出門上學了。套句阿公常說的「一碗稀飯！撒泡尿就沒有了」，再經過早上一番「啊殺」「啊殺」的拳打腳踢，那碗稀飯有些變成尿，有些變成汗，早就消化得一乾二淨。

既然這樣，為什麼阿公還是煮稀飯給我當早餐？簡單的說，就是圖方便——家裡只有我和阿公兩個人吃飯，早餐的稀飯是用昨晚的剩飯煮的。

覺得恢復正常了，我把眼睛完全張開。吳雅萱依舊趴在桌上，桌邊一塊吃了一半的麵包吸引了我。再上一節課就要吃午餐了，那半塊麵包吳雅萱應該不會再吃，我忽然竄出「吳雅萱，你那半塊麵包可不可以給我吃」的衝動。

繼而想想，向別人討東西吃，未免也太沒格了，何況還是人家吃過的。於是我吞了吞口水，從抽屜拿出水杯，走出教室。來到飲水機前，把杯子倒滿水，一杯接一杯的往嘴裡灌——我想用水把空虛的胃塞滿，降低飢餓感。

「朱孝志，你要喝多少啊？飲水機裡的水都被你喝光了啦！」

我轉身看，是江文賢，他拿著杯子站在我後面。我閃開身子，吞下嘴裡的水，說：「我……」本來我要說「肚子餓」，但及時想到說出來，一定會被江文賢笑，立刻改口：「我口很渴呀！」

江文賢一邊倒水，一邊說：「口很渴？口渴也不可能一下子喝這麼多杯呀！」

為了不想被江文賢看出我肚子餓，我一面「早上流了太多汗，所以特別渴」的說著，一面走進教室。

回到座位，吳雅萱依然趴在桌上，那半塊麵包也依然紋風不動的放在桌邊。雖然麵包還在，但我肚子裝滿了水，它再也無法引起我「吳雅萱，你那半塊麵包可不可以給我吃」的衝動了。

第四節是地理課，地理老師進來了，吳雅萱還趴在桌上。看在她是我鄰座的分上，我斜過身子，用手指在她手背上戳了兩下。

吳雅萱抬起頭，用迷濛的雙眼看看我。我一本正經，用手指指地理老師，示意吳雅萱「老師上課了」。吳雅萱立刻坐正身子，看向地理老師——至於有沒有聽課，只有她自己知道。

「從台灣的地理環境來分，許多食物有南北之分，像粽子就可分為南部粽和北部粽。南部粽是用水煮的，米粒較軟而黏稠；北部粽是用蒸的，米粒較硬、成顆粒狀……」

這個地理老師！地理課不好好的上，竟然講到吃，不過卻大大的引起我的興趣，我張大眼睛，豎起耳朵，專心一志的聽著。

「還有哪些食物也像粽子這樣有南北口味之分？大家舉些例子比較看看。」地理老師一面說，一面環顧教室。

「蚵仔煎！」「肉羹湯也是！」「還有肉臊飯」……同學們你一道、我一道的說著。

同學們舉的食物，有些我吃過，有些我沒吃過，我一邊聽，一邊想著那些吃過的味道，想著想著，肚子的飢餓感又出現了，腸和胃開始蠕動。忽然「呃」的一聲，我打了一個無聲的嗝，這「呃」的一聲，竟然把我剛才喝進肚子裡的水也帶了出來，頓時，我嘴裡含著滿滿的水，吐也不是，吞也不是。

趁著左右兩邊同學不注意，我從抽屜拿出杯子，把水吐到杯子裡——這一幕幸好沒被吳雅萱看到，不然，她一定會覺得我是個很骯髒的人。

不知不覺的，鐘聲響了，地理老師說了句「怎麼才說到吃的，吃飯時間就到了」後，宣布下課。「課」字剛收音，抬午餐的、準備餐具的……紛紛動了起來。

我從抽屜裡拿出水杯，假裝沒事的走到洗手台前，扭開水龍頭，一邊洗手，一邊洗杯子，把剛才吐在杯子裡的水沖掉。

午餐抬來後，教室裡立刻瀰漫著濃濃的菜香，聞著聞著，飢餓感又出現了，我立刻拿著餐具，排隊盛飯、打菜。

今天的主菜是滷豬排，雖然滷豬排很香，可是我不想吃，不願吃，也……捨不得吃，所以我刻意跳過豬排，多打了些其他的菜。

開動後，班導走近餐盒看了看，問：「怎麼還有一塊豬排？是誰沒夾？」

一個聲音響起：「老師，是朱孝志啦！剛才我排在他後面，看到他跳過豬排沒夾。」

班導轉頭看看我，問：「朱孝志，你為什麼沒夾？不喜歡吃嗎？」

我正想著要怎麼回答，江文賢開口了：「老師，他不是不喜歡吃，是不忍心自相殘殺啦！」

班導再看看我，說：「自相殘殺？怎麼會呢？你姓的朱和豬排的豬只是同音，但不同字呀！」

「老師，不是這個原因啦！是因為……」江文賢又開口了。

眼看江文賢就要說出來，我立刻大聲喝止：「江文賢！你不說話會死啊？」

被我這麼一喝，江文賢嚇了一跳，趕緊閉上嘴巴；班導也嚇了一跳，好言叫我別生氣、快吃飯。

江文賢國小五、六年級和我同班，我的家境他大概都知道。現在讀國中了，我不想讓太多人知道，剛才大聲喝止他，就是怕他大嘴巴說出來。

「那……剩下的這塊豬排，有誰想要？」班導問。

教室裡靜了一會兒，江文賢說：「老師，我要。」

我狠狠瞪著江文賢。那塊豬排是我的，是我繳午餐費買的，他竟然想吃，真是不要臉到家了！

「朱孝志，給江文賢可以嗎？」班導問。

我心裡說「我才不要給他吃呢」，頭卻不由自主的點了兩下，於是，我繳午餐費買的那塊豬排，進到了江文賢的肚子裡……

# 2. 放學後

再十分鐘就要放學了，想到放學，我整個人開始鬆懈下來——其實，這節課從一開始我就鬆懈了，接下來的十分鐘是更鬆懈。

這節是輔導課，本來學校有安排進度讓老師們上課。不久前，有個豬頭議員在議會質詢時，要求教育局長下公文規定各國中第八節課只能自習，不能上課。那個沒有擔當的教育局長竟然同意了。從那時候起，第八節變成「自己看書，有問題的可以問」。

原本第八節老師可以上課的時候，像我這種頭腦不聰明、家裡沒錢的，還可以趁機會加強加強，現在第八節「自己看書，有問題的可以問」了，家裡有經濟能力的同學，放學後都去補習班補習、加強，像我，不但失去加強的機會，連哪裡有問題都弄不清楚，要怎麼問？所以每天的第八節課成了我一天中最鬆懈的時候。

想到這裡，我的氣就來了：將來我有了投票權，不但不會把我這票投給那個豬頭議員，還要慫恿我身邊的人也不要投給他！

下課鐘剛響，沒等老師開口，同學們自動整理書包、收拾東西，然後匆匆忙忙的衝出教室。

「吳雅萱，你走那麼快幹麼？等我一下啦！」

「你都這樣慢吞吞的，我每次為了等你，都慢進補習班，害我被老師罵！」吳雅萱嬌嗔著。

「江文賢，你今天要補習嗎？幹麼走那麼快？」

「今天不去補習，晚上我要跟我爸媽去吃喜酒，我媽叫我早點回家準備。」江文賢邊走邊說。

我也走得很快，可是就是沒有人問我。我走得快，既不是急著去補習班補習，也不是趕著去吃喜酒，而是要去體育館地下室練跆拳——今天是外聘教練來指導，他最討厭有人遲到，遲到的人都會遭到教練處罰。

剛下到一樓，走在我前面的江文賢忽然停下腳步，轉身向我走來，說：「朱孝志，有件事我忘了跟你說。」

「什麼事？」我有點好奇。

「就是那塊豬排啊！」江文賢說：「雖然我多吃了你那塊豬排，可是我要向你解釋清楚，我並不是個貪吃的人。」

「我並不是個貪吃的人」？哈！江文賢國小五、六年級和我同班，他貪不貪吃，我哪會不清楚？「不是就好了呀！」我淡淡的回。

「我中午忘了跟你說謝謝，現在補說回來：謝謝你的豬排。」江文賢說。

「一塊豬排而已，別客氣。」我說。

這時，我的隊友、隔壁班的同學從旁邊經過，提醒我：「朱孝志，你還在這裡聊天！今天是外聘教練，小心遲到被罰。」說完，他一溜煙的往體育館飛奔而去。

看到隊友走了，我也想走，江文賢卻拉住我：「等一下啦！我還沒說完。」

「你已經謝過了，還要說什麼？」我有點急了。

江文賢說：「為了證明我不是個貪吃的人，下次午餐吃豬排時，我把我那塊還給你。到時，你要記得提醒我不要夾，要留給你。」

我這個討人厭的江文賢！明知道我不會「自相殘殺」，偏說要把豬排還我。還有，不是說「施人勿念，受施勿忘」嗎？他是受施者耶！竟然要我提醒他！

我白他一眼，丟下一句「到時候再說」，沒等他還有沒有話要說，轉身向體育館飛奔而去。

雖然我是用飛奔的，終究還是遲到了——進到地下室，隊友們已經在熱身了。看到我，教練只是兩眼斜瞪著我，什麼話也沒說。既然教練沒說什麼，我就當作沒什麼事，直接走向置物櫃放東西。

換了道服，我正想當作沒事的插進隊伍，一聲「朱小子，你過來」響起。聽到這句話，我知道有事情要發生了，屏著氣息，戰戰兢兢的走到教練面前。

「你忘了我的要求了嗎？為什麼遲到？」教練鐵青著臉問。

「我……」

我如果告訴教練「我剛才和江文賢講話，是他纏住我的」，教練一定會說「你可以不要被他纏住呀」，還是會被罰。忽然，我靈機一動，說：「我……肚子不舒服，去蹲廁所。」

教練看我一眼，一副關心表情的問：「現在肚子還會不舒服嗎？」

我搖搖頭說：「好多了，不會不舒服了。」

教練聽了，臉色一緩，說：「不會不舒服了是吧？好，去跑二十圈。」

聽到「去跑二十圈」，我沒敢再多吭一聲，轉過身，開始繞著地下室周邊跑起來。地下室不大，跑二十圈也不是什麼大事，可是自己一個人跑卻很累，尤其想到是被江文賢連累的，我就更火、更累了！

國小和他同班兩年已經夠倒楣，國中竟又跟他編在同一班，想到未來還要跟他相處兩年多，我腳下忽然一個踉蹌，差點就跌倒了。

「下次午餐再吃豬排，江文賢如果要吃我的，我一定要對他說『我寧可給豬吃，也不給你吃。』」我心裡這樣想，腦海裡浮出一幅江文賢求我把豬排給他吃的畫面。

由於遲到，加上罰跑二十圈地下室，我的進度比隊友們慢了很多，只好一個項目、一個項目的拚命追趕，中間都沒有停下來喘口氣、喝口水。經過幾番掙扎，我終於趕上和隊友們相同的進度了，這時，我已經汗水淋漓、氣喘如牛，如果教練同意我躺在地上，我一定立刻躺下去，而且躺好幾個小時，不要起來。

國小時，我因為不想坐在教室裡，參加了跆拳道社團，當初也只是好玩，沒有認真練。進入國中後，因為有點基礎，並為了未來著想，所以參加了跆拳道校隊。

訓練起來，校隊比社團累了好幾倍，每天早上由學校老師盯著練，每週一、三、五放學後，由外聘教練負責訓練。外聘教練的訓練很操，相對的就很累，有時累到起了放棄的念頭，但想到奧運金牌有一千萬的獎金，我又咬緊牙根撐了下來，一直撐到現在。

來來回回的踢踢打打了不知多少回，終於練完了，我丟盔卸甲的背著書包、提著袋子和被汗水浸溼的道服，舉步維艱的去車棚牽腳踏車。

跨上腳踏車，雖然舉步維艱，我還是得奮力的踩，因為我要趕回家洗道服，明天訓練時才有得穿，還有，得要幫阿公做事……

# 3. 養豬的祖孫

我右腳踩、左腳踩的踩了好一會兒，終於出了鬧區，騎上鄉間小路。一陣晚風迎面吹來，讓我從體外涼到體內，把剛才練跆拳散發出來的熱氣全都趕走了。

我閉上眼睛，好想放開把手，張開雙臂擁抱這陣晚風。可是我沒這麼做，上次就是因為這麼做，結果腳踏車衝進路邊的草叢裡，害我全身黏滿了鬼針草，拔了老半天才拔乾淨。回家後，阿公知道了，還狠狠的把我罵了一頓，「沒摔死你已經不錯了。」

阿公從事的行業比較特別，他怕製造出來的氣味和吵鬧聲會影響

別人，所以選擇住在人煙罕至的偏僻地方。因為離鄉內有段距離，從和阿公一起住開始，我就是騎腳踏車上下學，算一算，都快六年了，這條路我閉著眼睛也能騎，上次會衝進路邊草叢裡，純粹是意外。

騎到家門口，我拉了煞車，然後從車上跳下來。就在腳落地的那一瞬間，膝蓋忽然一軟，整個人跌坐在地上，腳踏車也往我身上壓下來。

我推開腳踏車，吃力的站起來，連忙左右張望一下，幸好阿公不在附近，若是被他看到了，一定又會「你不是練跆拳的嗎？練跆拳的人腳會這麼沒力！」的被酸上一頓。

剛才會腳軟並不是我的腳沒力，是因為被罰跑了二十圈，又拚命趕進度的踢來踢去，加上騎車回來這段路，換了是阿公，我相信他也不敢保證他不會腳軟。

把書包、袋子和道服隨手一放，我立刻往豬舍移動。還沒到豬舍，一陣濃濃的番薯藤味鑽進我的鼻孔，「喔！今天吃番薯藤。」我自言自語的說。

阿公是個小養豬戶，他在住家後面蓋了一間豬舍，養了約十隻豬。

因為沒有什麼資本，所以他又在屋旁的空地上種番薯，把番薯和番薯藤拿來餵豬。他還和鄉內的餐廳、飲食店和小吃店套交情，請他們把廚餘和餿水給他，載回來給豬吃——從我和阿公一起住開始，他就是這樣養豬的。

進到豬舍，阿公用推車推了兩桶煮過的番薯藤準備餵豬。我二話不說的欺身過去，抓起桶裡的瓢子，說了句「阿公，我來」，然後接過推車，一瓢一瓢的把番薯藤舀進飼料槽給豬吃。

豬隻們看到有東西可吃了，立刻「嗯」「嗯」的一窩蜂擠到飼料槽前，「嘖」「嘖」「嘖」的爭食起來。

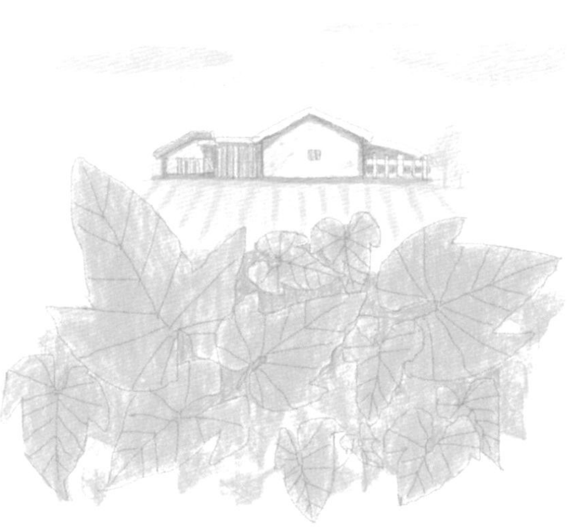

從剛才進到豬舍後，除了那句「阿公，我來」，我沒再說其他的話，阿公也沒開過口。祖孫倆不說話，並不是關係不好，是因為我和阿公本來就沒有什麼話題可聊，另外是今天——有練跆拳的日子，最好不要亂說話。

當初我決定參加跆拳道校隊時，阿公聽到放學後要留校訓練，他很希望我放學後回家幫忙餵豬，所以反對。我告訴他，如果我練得好，將來參加奧運得了金牌，會有一千萬的獎金，他就不用養豬了。加上我施以苦苦哀求的柔情戰術，他才答應，條件是——練完後，要趕緊回家幫忙餵豬。

今天，我回來得晚了一些，如果阿公心裡不爽，我又多嘴說了些讓他不高興的話，他不讓我去練跆拳，後果可就嚴重了，所以此時此刻最好守口如瓶，以免禍從口出，自找麻煩！

兩桶番薯藤很快就被豬隻們爭食光了，我又推著推車去盛了兩桶過來，一瓢一瓢的舀進飼料槽。

阿公點了一根菸，靠在欄杆上，一口一口的吸著，一邊看我舀番薯藤餵豬。大概是看我做得很熟練，覺得沒有問題了，他吐了一口菸，說：「餵好，把東西收拾收拾，準備吃晚餐。」說完，沒等我回應，轉身就走開了。

看著阿公的背影，或許他不在意，我還是很習慣的應了一聲：「好。」

每次我餵豬的時候，阿公一定會在一旁一邊抽菸，一邊看我餵，好像不放心，擔心我把那些豬餵到怎麼樣似的。

我一直覺得阿公太小看我了！從和他一起住開始，我就幫忙他餵豬，這麼多年下來，從剁番薯藤、處理餿水，到煮豬食，再到現在的餵食，就算阿公不在，我也能駕輕就熟的做，講臭屁一點，如果不要讀書，讓我養豬，我也是一個稱職的小小養豬戶了。

把桶裡的番薯藤全倒進飼料槽裡，「嗯」「嗯」聲又響了，是一隻較軟弱的豬——俗仔被另一隻較霸道的豬——阿肥推擠而發出的。

「阿肥！你又在欺負別人了！你皮在癢是不是？」我大聲吼——阿公不在，我才敢這麼吼。

阿肥是一隻很讓我討厭的豬，既霸道又凶狠，雖然是同一窩，因為牠會搶、貪吃、能吃，所以個頭比別的豬大。

俗仔又被阿肥擠到「嗯」「嗯」大叫，我忍不住了，一邊「阿肥，你真的皮癢喔」的吼著，一邊用拳頭在牠頭上敲了兩下。

這時，另一隻豬也「嗯」「嗯」的叫起來。轉頭看，是那隻叫豬哥的豬追著另一隻豬跑，追到後，牠把兩隻前腳搭在那隻豬的後背上，一副想和人家「親熱」的樣子。那隻被追的豬大概感到不舒服，才「嗯」「嗯」的叫起來。

「豬哥就是豬哥！都還沒有發育健全，就想跟人家親熱，豬哥！」我小聲的破口罵著。

經過一番你爭我奪後，桶子裡的番薯藤被吃得乾乾淨淨。豬隻們填飽了肚子，滿足的靜了下來。「吃得多，拉得多；吃得快，拉得快。」幾隻豬才吃飽，就跑到角落，又是屎，又是尿的急著解放

了。

人們常用「骯髒」來形容豬，其實是錯誤的！和牠們相處後，就可以發現：牠們其實是很愛乾淨的，拉屎、拉尿都固定在一個地方，絕不會和吃東西、睡覺的地方混在一起。

是因為人們把牠們圈養在一個有限的空間裡，數量又多，牠們吃喝拉撒睡，都只能在那個狹窄的範圍裡，所以被覺得很骯髒。想想，如果人們被圈養在那裡面，是不是也會和豬一樣？是不是也會被覺得很骯髒？

收拾好東西，我正要離開，「嗯」「嗯」聲又響起，阿肥又在欺負人了，我瞪牠一眼，大聲喝斥：「阿肥，你給我小心一點，再講不聽，我第一個把你殺掉！」——阿公不在，我才敢這樣說。

來到爐灶前，我把煮豬食的大鍋子拿下來洗了，盛番薯藤的桶子和瓢子也洗了——雖然是豬用的，清潔也很重要，然後進到屋裡，和阿公一起吃晚餐。

# 4. 我是豬小子

阿公盛好飯等我了，我坐下來，端起碗，拿了筷子，看看桌上的菜，淋了醬油的燙番薯葉、早餐吃剩的罐頭麵筋，還有半隻白斬雞！

我夾一塊麵筋，配飯吃下去，再夾一些番薯葉，配飯吃下去，就是不敢先夾白斬雞。

阿公看出我不敢先夾，說：「夾去吃啊！客氣呀？」

我伸出筷子，打算夾那隻雞腿，遲疑了一下，拐個彎，繞過雞腿，夾了一塊背部的肉，放進嘴裡啃了啃後，吐出一大塊骨頭。阿公伸出筷子，把雞腿往我這邊輕撥了兩下，也夾了一塊背部的肉吃。

我扒了兩口飯後，伸出筷子，把雞腿往阿公那邊輕撥兩下，然後快速夾了一塊肉，正想往嘴裡塞，隨即又放進碗裡，因為我夾的是尾椎。

阿公發現了，筷子往我碗裡一伸，把尾椎夾到他的碗裡，再把雞腿夾到我碗裡，說：「給你吃的！多吃肉才會長肉，以後去比賽才不會輸。」

我咬了一小口雞腿，嚼了嚼，吞下後，用筷子指著雞肉問：「這個……哪裡來的？」

阿公把咬了一半的尾椎放回碗裡，一邊嚼，一邊答：「昨天傍晚我去收餿水時，人家給的，他說準備太多了，怕賣不完，叫我們幫忙吃。」

我「喔」了一聲，沒再說什麼──我和阿公之間，真的沒有什麼話題可聊，剛才問他雞肉怎麼來的，只是想化解那隻雞腿造成的尷尬而已。

吃著吃著，阿公掏出二百元放在我面前，說：「吃完飯，碗筷留著我洗，你去街上買幾個你喜歡吃的罐頭，明天早上沒有東西配稀飯了。」

我收了二百元，吞下嘴裡的飯菜，應了聲：「好。」

「還有。」阿公忽然想起的說：「順便幫我買一瓶酒。」

酒？對喔！平常晚餐都要喝個一杯的阿公，今天沒有喝，原來是酒喝完了。還說順便咧！我看，買罐頭才是順便啦！「好。」我點頭回答。

晚餐後，我拿了手電筒，跨上腳踏車，上街買罐頭，還有阿公的酒。阿公也真是的，沒有罐頭、沒有酒了，他白天怎麼不去買？不然也可以在早上我出門時告訴我，放學後我順便買回來，就不用在晚上出門了呀！

雖然我說這條路我熟悉到閉著眼睛也能騎，在夜裡騎車，跟閉著眼睛騎是一樣的，老實說，我幾乎沒有閉著眼睛騎過，為了安全，我一面用手電筒照亮前方的路，一面小心翼翼的往前騎。

來到雜貨店，幾個男子坐在店門前喝酒，看到我，你一句、我一句的說：

「你們看，豬小子來了！」

「晚上不去顧著豬，來這裡做什麼？」

「這裡是雜貨店，當然是來買東西呀！」

「什麼？豬也會買東西嗎？」

前面幾句話，我都不在意，只有那句「什麼？豬也會買東西」讓我有芒刺在背的感覺，一時之間，我只覺得臉部發熱，全身發脹，好像有東西要從身體裡噴發出來一樣。可是我忍住，沒讓它噴出來。

進到店裡，我動作迅速的拿了罐頭和酒，付了帳，出到店外，跨上腳踏車，騎了就走，背後響起一陣戲謔的訕笑聲。

剛才那句「什麼？豬也會買東西」讓我覺得很不是滋味，要不是教練再三警告不可以用跆拳和人起衝突，我真想衝過去，用跆拳好好教訓那幾個傢伙！

出了鬧區，騎上鄉間小路，一陣夜風迎面襲來，沁涼感從體外鑽到體內，我剛才冒出的熱氣降溫了。

老實說，剛才那情形我已經見怪不怪了。從我和阿公一起住開始，就成為別人嘲笑的對象，因為我沒有爸爸，又從母姓……明白的說，我是個私生子！不過，說沒有爸爸是不對的，如果沒有爸爸，媽媽哪可能生下我？應該說「我不知道爸爸是誰」才對。

大約是國小一、二年級時，媽媽因為工作的關係，沒辦法把我帶在身邊，就把我送到阿公家，和阿嬤已經不在了的阿公作伴，說是作伴，其實是託給阿公養。

不知做什麼工作、忙得不得了的媽媽，一年只回來看我兩、三次，買些東西給我，塞些錢給阿公，就算盡了她當媽媽的責任。我傷心難過時，總會覺得自己好像豬舍裡的豬一樣，因為牠們也不知道自己的爸媽是誰；甚至有時會覺得我比那些豬還不如，牠們還有兄弟姐妹可爭食，我卻只有孤單一個人。

說到豬，因為我跟著媽媽姓朱，名字叫孝志，諧音是「小子」，阿公又是個養豬戶，所以有人叫我「朱小子」，如跆拳道教練；也有人叫我「豬小子」，像在雜貨店前喝酒那幾個人。不管朱也好，豬也罷，到目前為止，它們都和我有著密切的關係，它們帶來的好或不好，我都必須概括接受！

騎著騎著，一個黑影從路旁的草叢裡竄出來，快速的從我前方跑過去，就算我再怎麼大膽，即便知道那不是野貓，就是野鼠什麼的，也著著實實的受到驚嚇，握把手的手一偏，腳踏車倒了，車籃裡的罐頭和酒瞬間掉在地上。幸好車倒的地方是沙地，酒瓶沒有摔破，不然回家後，真不知該怎麼向阿公解釋。

回到家，我拿抹布把罐頭和酒瓶上的灰塵擦掉，明天阿公拿的時候，才不會起疑心。接著拿了換洗的衣褲，去浴室洗澡；洗好，把換下來的衣褲和道服，還有阿公的髒衣褲，全都泡進大臉盆裡，蹲下來一件一件的刷洗。

家裡沒有洗衣機，衣服都用手洗。小時候，我換下的衣服是阿公洗的，好像是升國中的暑假吧，洗衣服變成我的事。平常還好，冬天或是寒流來，那就非常不好了，手泡在冰冷的水裡有多難受，沒有在冬天或是寒流來時洗過衣服的人，絕對無法體會！

尤其是道服，又厚又大件，刷的時候要出力，扭的時候要出力，連拿進脫水機脫水都要出力，有時累到受不了了，我會偷偷的抱怨媽媽：「沒事幹麼把我生下來？當初拿掉不就沒事了！」

這些家務事，越長大我越不想讓人知道。今天午餐時，我大聲喝止江文賢說話，就是這個原因，我怕他脫口把我的家庭情形說出來，知道的人多了，笑我的人也更多了！

# 5. 安全衛生的餿水

第八節，讓我鬆懈的一節課。

不知該感謝那個要求教育局長規定老師第八節不能上課的豬頭議員，還是該抱怨他。抱怨嘛，他讓我有一節可以鬆懈的時間；感謝嘛，他讓我少了加強課業的機會，我和吳雅萱、江文賢他們的落差越來越大……抱怨也不是，感謝也不對，唉！做人真難啊！

今天排的是英文輔導，由英文老師來陪同學「自己看書，有問題的可以問」。既然是自己看書，目光當然要集中在書本上，只是看著看著，我的目光從書本上移向窗外。

教室旁那棵大榕樹上結滿了果子，幾隻白頭翁在樹枝間一面跳來跳去，一面啄食果子。忽然，似乎受了什麼驚嚇，其中一隻帶頭振翅飛走，其他的也跟著飛了，剩下一隻呆呆的停留在樹枝上。

看著牠，我想起前幾天聽到的一首歌：「我是隻小小小小鳥，想要飛呀飛卻飛也飛不高，我尋尋覓覓尋尋覓覓一個溫暖的懷抱，這樣的要求算不算太高」，忽然間，我覺得我好像歌詞裡的那隻小小鳥……

這時，「朱孝志，不是叫你看書嗎？你看到哪裡去了？」在耳邊響起。

我轉頭看，是英文老師，忽然一陣尷尬，隨口說：「我……眼睛有點痠，看一下……榕樹的綠葉。」

英文老師跟著看看窗外的榕樹，問：「英文有沒有問題？」

「我……」

本來我想說「我有」，但說了，老師一定會問「哪裡有問題」，我又無從問起，為了不丟人現眼，立刻改口：「我……目前沒有問題。」

英文老師笑笑說：「沒有？很好，有的話，一定要問喔！」

我點點頭，心虛的答：「好。」

鐘聲響起，沒等英文老師開口，同學們自動整理書包、收拾東西，陸續衝出教室。

吳雅萱很快的走了，跟她上同一間補習班的那個女生在後面追著：「吳雅萱，等我一下啦！你幹麼每次都走那麼快。」江文賢也很快的走了，他今天應該是要去補習，而不是趕著去吃喜酒，因為不可能天天有喜酒可吃。

今天不用練跆拳，所以不用跟著走得很快，我可以用很正常的步調走，用很正常的速度騎車，在很正常的時間內回到家就可以了。

回到家，沒有看到阿公那輛小貨車，屋裡屋外巡了一遍，也沒有看到阿公的人影，我知道：他去街上收廚餘和餿水了。

趁著阿公還沒回來，我去收曬在竹竿上的衣服，收著收著，竟然不自覺的哼起歌來，哼到一半，我發覺：我哼的竟然是〈我是一隻小小鳥〉！

收好衣服，阿公那輛小貨車的引擎聲從外面傳進屋裡，我理所當然的衝出去幫忙阿公卸貨。

雖然阿公向鄉裡幾間飲食店和小吃攤要廚餘和餿水，但他們製造出來的量並不多，阿公都用隔天載的方式，這也是我們的豬一天吃番薯藤、一天吃餿水的原因。

貨車後斗載了四個約一公尺高的塑膠桶，每個桶子裝了約三分之二滿的餿水，要從車上拿下來，單靠阿公一個人是做不來的，所以我和阿公一人一邊、用抬的方式抬下來。每抬一桶前，阿公總是會不厭其煩的說「小心點，別弄倒了」。

阿公會這麼提醒，是有原因的。

有一次，我和阿公抬餿水桶時，因為桶子上有油漬，我手一滑，桶子離開我的手，向我這邊倒過來，「嘩」的一聲，餿水灑出來了，灑了我一身，我全身湯湯水水、沾滿各種渣滓，還散發著臭酸、腐敗的味道，說多噁心，就多噁心！

和阿公用推車把四桶餿水推到爐灶旁，我對阿公說：「阿公，你去休息，剩下的我來。」

阿公放心的「嗯」了一聲，掏出菸，點了一根，往旁邊一坐，一邊吸，一邊看我做事。

我掀起大鍋子的鍋蓋，用瓢子舀起桶子裡的餿水，拿竹子翻攪、檢查後，覺得沒問題了，就倒進大鍋子裡。做這樣的動作，是因為阿公載回來的餿水裡，有時摻有塑膠袋，有時夾雜著骨頭，豬吃到這些東西，會不消化，或是噎到，所以都要挑除掉。

這個工作本來也是阿公做的，不清楚從什麼時候開始的，變成了我的工作，剛才就算我沒有說「阿公，你去休息，剩下的我來。」阿公也會點一根菸，在旁邊坐下來，我也會拿瓢子一瓢一瓢的舀，一瓢一瓢的檢查、挑除。

舀著舀著，桶子底部有個硬硬、重重的東西，塑膠做的瓢子舀不起來，我索性伸手抓起來看，哇！是一隻只吃三分之一的豬腳，從皮來看，應該是用烤的。

「這些人！就算有錢，也不要浪費成這個樣子啊！」我心裡一邊念，腦海裡浮出江文賢吃喜酒的樣子，忍不住說：「夭壽仔，真是浪費！」

阿公聽到了，問：「阿志，你說什麼？」

我舉起豬腳，說：「阿公你看，吃這樣就丟了，是不是很浪費？」

阿公看看豬腳，沒有評論浪不浪費，而說：「等一下拿刀把肉刮下來餵豬，骨頭就不要了。」

把豬腳上的肉刮下來餵豬！豬吃豬肉！這不是「自相殘殺」嗎？

我把豬腳放在旁邊，等著待會兒把肉刮下來餵豬，讓牠們「自相殘殺」！

其實，一開始阿公叫我舀餿水的時候，我是萬般排斥，卻又不得不做的。看那桶子裡裝的是各種廚餘、剩菜混在一起的……像嘔吐出來的穢物，還有它散發出來用「五味雜陳」都無法形容的味道，我是很努力憋著氣，強忍著作嘔、反胃舀的！幾次之後，「入鮑魚之肆，久而不聞其臭」了，就算像剛才那樣用手去抓，也不覺得可怕了。

處理好兩桶後，我在爐灶裡放進木條和木塊，點燃後，開始烹煮餿水——阿公說，除了安全，也要注意衛生，所以餿水要煮過後才能給豬吃。

衛生！餿水都已經發酸、發臭了，還叫做衛生！但或許阿公是對的，那些豬一天、兩天……的吃了這些發酸、煮過的餿水，並沒有鬧腸胃、拉肚子，反而越吃越大、越吃越胖，我真佩服牠們！

說到佩服，我也很佩服阿公，忍不住轉頭看阿公，可是他不見人影了……

# 6. 啊殺！該死的阿肥

雖然是星期六，我卻沒有睡到自然醒的權利，在該起床的時候起了床。

平常要上學，早上我不用幫忙餵豬；假日，雖然阿公沒有規定我一定要幫忙，我還是很識相、很認分的起床幫忙。

讀國小的時候，有一次老師叫同學說說自己的假日生活，「睡到自然醒」是大多數同學的答案，也有同學說「早起去爬山」、「一早去騎車」……輪到我時，我說「早起幫阿公餵豬」，引來一陣哄堂大笑。

當時因為年紀小，沒有想那麼多，也不懂得撒個謊隱瞞一下。如果是現在，我會說「早起澆水、種菜」，不然就是「早起慢跑練體力」，這樣說，除了江文賢，同學們應該都會相信。

來到爐灶前，阿公已經把昨天剩下的兩桶餿水檢查、挑除好，倒進大鍋子裡了。我立刻在爐子裡依序放進木條和木塊，然後點燃，開始烹煮。

鍋子裡的餿水受熱後，慢慢的冒泡、起煙，那種用五味雜陳也無法形容的味道陣陣鑽進我的鼻孔。早餐還沒吃，肚子裡空空的，聞到這種奇怪的味道，實在是很大的衝擊。

餿水「熟」了後，我把爐子裡還在燒著的木塊、炭火移出來，讓鍋子裡的餿水冷卻——阿公說，為了避免豬隻們被燙傷，餿水要降溫後才能給牠們吃。

趁著等餿水降溫的這段時間，我和阿公回屋裡吃早餐。

桌上擺著一鍋稀飯，裡頭摻了番薯，番薯看起來比飯粒還多。配菜是一盤淋了醬油的燙番薯葉，以及一罐那天我買的醬瓜罐頭。盛了稀飯，我和阿公相鄰而坐，像平常那樣默默不語的吃起來。

吃著吃著，阿公忽然放下碗，說：「阿志，等一下我要出去一下，豬交給你餵，有沒有問題？」

有沒有問題？阿公竟然這樣問！未免太狗……「公」眼看人低了吧！我餵豬餵了多少次了，他又不是沒看過，真不知他問的「有沒有問題」的問題，指的是什麼問題！

為了讓阿公放心，也為了顯示我的本事，我語氣肯定的答：「沒問題。」

「餵好以後，順便把豬圈沖洗一下。」阿公又說。

「好。」我答。

吃過早餐，阿公開著他那輛小貨車出門了。阿公不在，家裡我最大，少了一股被監督的壓力，我可以安心的用我的方式做事，所以我很悠哉的收拾餐桌，把碗筷洗了，很悠哉的把大鍋子裡的餿水舀進兩個小桶子裡，用推車推到豬舍，再很悠哉的用瓢子舀到飼料槽裡。

餓了一個晚上的豬隻們看到我把餿水舀進飼料槽，一窩蜂的聚過來，一時之間，「嗯」「嗯」「嗯」的尖叫聲、「嘖」「嘖」「嘖」的咀嚼聲此起彼落的響個不停，奏出一首獨特的「豬食交響曲」。

眼前這些豬雖然是同一窩，可是搶起食物來，根本顧不得兄弟姐妹情，擠呀、推呀、頂呀，好像少吃一口就會怎麼樣似的。尤其是阿肥，仗著牠的個頭比別的豬大，擠、推、頂等功夫牠都使上了。

我悠哉不了了，鬆了喉嚨叫：「阿肥，你皮在癢嗎？小心我揍你喔！」──阿公不在，我才敢這樣叫，叫得特別大聲。

不知是我叫得太大聲，阿肥被嚇到了，還是聽懂了我的話，牠停止了擠、推、頂、吃，抬起頭，一直盯著我看。

「對嘛！你這樣多好！」我對阿肥說。

兩桶餿水一下子就被豬隻們吃光了，我又去大鍋子那邊推了兩桶過來，舀進飼料槽之後，「嗯」「嗯」聲又響起，阿肥又在擠、推、頂了，受害者是俗仔。

「阿肥，你又開始了！我要進去揍你了喔！」我提出警告。

阿肥畢竟是隻畜牲，其實牠聽不懂人話，看到有東西可吃，只顧著擠、推、頂的爭食。

我火氣一升，把悠哉拋得遠遠的，一個縱身爬上欄杆，往下跳到阿肥身邊，舉起右腳，像練跆拳那樣，「啊殺」的一腳踢在阿肥身上。阿肥沒有防備，被我這麼重重一踢，整個豬身倒在地上，嘴裡「嗯」「嗯」的尖叫著，掙扎了一會兒才站起來。

忽然，「啪」的一聲，我的左肩被重重打了一下，痛的感覺跟著襲來。轉身一看，是阿公，他正臭著臉、怒目瞪著我，我左肩那一下是他打的。

「阿公不是出去了嗎？怎麼這麼快就回來了？」剛這麼想，阿公的聲音在我耳邊響起：「你這個夭壽仔！叫你餵豬，你是這樣餵的啊！」

左肩被打得很痛，我齜牙咧嘴的動著左肩，沒有出聲。

阿公又說了：「這些豬是養來賣錢的耶！萬一被你踢死了，怎麼賣錢？」

「是阿肥……是牠一直擠別人的啊！而且……我又沒有很大

力。」我解釋。

「沒有很大力?你都把牠踢倒了，還說沒有很大力！」阿公得理不饒人的說：「你不是有練跆拳嗎?你這樣踢牠，真的把牠踢死了怎麼辦?」

「才……才不會咧！」我說——心裡說，不是嘴巴說。

阿公掏出菸，點了一根，像平常那樣在旁邊坐下來，一邊吸，一邊看我做事。我爬出豬圈，繼續把桶子裡的餿水舀進飼料槽裡。

其實我很不高興。我是阿公的外孫耶！為了我踢阿肥那一腳，他竟然打我、凶我！原來，在他的心目中，我這個外孫竟然比不過一隻豬！我真的很不高興！只是，眼前他是我唯一可以依靠的人，我再怎麼不高興，也只能不高興在心裡！

豬隻們吃飽了，我拿出長水管，接到水龍頭上，扭開後，開始沖洗豬圈，順便幫豬隻沖澡。

豬是很愛乾淨的，牠們拉屎、拉尿都固定在一個地方，我只要往那個地方沖水，屎和尿就被沖掉了。豬也是很愛沖澡的，水沖到牠們身上，牠們雖然會發出低吟、會移動身子，但看得出牠們很享受。

阿肥也很愛沖澡，水沖到牠身上，牠就站定不動，閉著眼睛享受。我一邊沖，一邊瞄阿公。阿公看我的時候，我就假裝很公平，每隻豬都沖；阿公不注意的時候，我就跳過阿肥，只沖其他的豬，嘴裡還念念有詞：「該死的阿肥！都是你害

的！如果不是你，我就不會被阿公打。該死的阿肥！我才不要幫你沖水哩！」

阿肥不會講人話，就算牠想向阿公告狀，也無從告起……

# 7. 來了個不速之客

電視新聞常常這樣報導：生長在不健全家裡的孩子，大多要幫忙做事、多一分付出，如：單親媽媽賣烤番薯的時候，女兒就要在旁邊吆喝、招徠客人；單親爸爸出外工作的時候，哥哥姐姐就要照顧弟妹、張羅三餐……

我也生在不健全的家中，雖然不用幫忙吆喝、招徠客人，不用照顧弟妹、張羅三餐，可是我要幫忙餵豬。所以，「生長在不健全家裡的孩子，要幫忙做事、多一分付出」，好像成了一種定律！

星期一到星期五我要上學，只要傍晚幫忙餵就好了。到了假日，除了早晚要幫忙餵，中間還要協助阿公準備豬食，做的反而更多。

阿公睡完午覺後，我和他拿著鐮刀，到番薯園裡割番薯藤，給豬隻們當晚餐。

割番薯藤不能從基部割，要留一截讓它可以繼續生長、蔓延，第一壟割完，割第二壟，然後第三壟、第四……依序割下去。等到最後一壟割完，第一壟已經長長了，可以繼續割，這樣，番薯藤的來源就不會斷絕，豬也可以一直有番薯藤可吃。

割完番薯藤，阿公順便挖了一些番薯，不用想也知道，是要用來煮稀飯的——從我和阿公一起住以後，就我所見，番薯不是用來煮稀飯，就是餵豬，偶爾也會烤來吃，喔！還有，產量多的時候，阿公會載去市場賣，多賺一些錢。

「阿志，等一下你把番薯藤剁一剁，煮一煮，放涼了好餵豬。」

阿公點了一根菸，一邊吸，一邊走開，一邊交代我。

「好。」我說。

準備好工具，我往矮凳子一坐，左手抓起一把番薯藤，按在當砧板的木頭上，右手舉起菜刀，駕輕就熟的一刀一刀剁起來。剁好後，把番薯藤放進大鍋子裡，加一些水，在爐子裡依序放進木條和木塊，點了火，開始煮豬隻們的晚餐。

看著爐子裡紅紅的火光，「剛才阿公不是挖了些番薯嗎？不如烤兩條來打牙祭吧」，於是我抓了兩條番薯，把它塞到炭火下方烤。

一段時間後，鍋子裡的番薯藤沸騰了，我用大鏟子翻攪了幾次，確定番薯藤都熟了，接著把爐子裡還在燒著的木頭和炭火，還有那兩條番薯移出來，等番薯藤降溫。

忽然，外面傳來兩聲「叭」「叭」的喇叭聲。平常幾乎沒有人會來我們這裡，有喇叭聲，又不是阿公那輛小貨車的，表示有人來。我很好奇，立刻衝到屋前看來者何人，正好，阿公也出來了。

車門一開，下來一個身材瘦小的中年男子。看到他，阿公堆著笑臉說：「哎喲！代表，今天吹什麼風？你怎麼有空來我這個地方？」

代表！是什麼代表？看阿公那副諂媚的樣子，這個代表看起來來頭不小喔！

「當然是有事才來呀！沒事我來做什麼？」代表一邊說，一邊走向阿公。

「來來來，裡面坐，小地方，別嫌棄。」阿公先對代表說，接著轉向我：「阿志，去泡一壺茶來。」

「好。」我應了一聲，進到屋裡拿茶壺、找茶葉。泡的時候，我想到「既然那個代表來頭不小，我就讓阿公有面子一點」，所以端茶出去的時候，順便把剛才烤的兩條番薯也拿出去招待代表。

看到烤番薯，阿公用意外的眼神問我：「烤番薯哪裡來的？」

我笑笑說：「剛才煮番薯藤時，我順便烤的啦！」

阿公聽了，笑著點了點頭，看得出來，他很滿意。

剛才代表說「有事才來」，表示有重要的事和阿公談，所以我很識相的退開。說是退開，但我很好奇這個忽然出現的代表要和阿公談什麼大事，就躲在房間的門後，從縫隙裡偷瞄，屏氣凝神的偷聽。

「代表，這件事有點難耶！只剩下幾個月的時間，我沒有辦法養到那麼肥、那麼重啊！」阿公面露難色。

代表不在乎的說：「沒關係，你儘量養，到時候有多重，就多重，有多肥，就多肥，我都可以。」

「萬一……沒有得獎怎麼辦？」阿公好像有點擔心。

「沒得獎也沒關係呀！我根本沒想過要得獎，我只是想出個名，讓民眾知道我也很在乎這項活動。」代表說。

「嗯！這個嘛……」阿公像在思考什麼。

「我也是這兩天才忽然想到的，我也知道這個時候來拜託你，有點強人所難，你就幫幫我這個忙吧！」代表說完，從口袋裡掏出一個信封袋，往桌上一放，說：「這個是訂金，剩下的，等事情完成後，我再跟你算。」

阿公看看桌上的信封袋，又看看代表，說：「那……好吧！我儘量養。」

「那就拜託你了。」代表說完，站起身子。

阿公說：「代表，等一下，喝一口茶，吃一條番薯再走嘛！我孫子烤的耶！」

代表低頭看看番薯，說：「不吃了，我還有行程要跑。」然後轉身走出去，阿公也跟著出去。

為了做給阿公看「我沒有偷聽他和那個代表談話」，趁他送代表離開的時候，我來到爐灶前，把鍋子裡的番薯藤舀到桶子裡，用推車推到豬舍餵豬。

一邊餵，我一邊想：從那個代表的話聽來，他應該是要拜託阿公幫他養什麼。養什麼呢？阿公除了會養豬，還會養什麼？代表還說他沒想過要得獎，養豬有什麼獎可以得呢？還有那個信封袋，代表說是訂金，訂金就是錢，既然是錢，那厚厚的一疊應該不少吧！

兩桶番薯藤一下子就被豬隻們吃光了，我又去大鍋子那邊推了兩桶過來，一瓢一瓢的舀到飼料槽裡。

「嗯」「嗯」聲又響起，我以為又是阿肥，仔細一看，這次是另一隻——那隻喜歡騎在人家背上的豬哥。阿肥呢！牠正站在拉屎、拉尿的地方視若無睹的拉屎、拉尿著！

「哎！畜牲就是畜牲，果然是吃得多，拉得多；吃得快，拉得快啊！」我心裡鄙視著說。

餵好，回到屋裡，那兩條烤番薯還好端端的放在桌上。幸好那個代表沒吃，因為我本來就沒打算給他吃，只是為了讓阿公有面子才拿出來的。

我拿起一條，正想放進嘴裡，卻忍不住嘀咕起來：「不吃就早說嘛！都涼了，涼的烤番薯一點也不好吃！」

雖然涼的烤番薯不好吃，我還是塞進嘴裡……

# 8. 總統套房

我把番薯藤舀進飼料槽，「嗯」「嗯」的聲音響起，阿肥又在擠、推、頂了，那隻較軟弱的俗仔被阿肥頂倒在地上。我很生氣，猛的跳進豬圈，一腳飛踢過去，把阿肥踢到在地，牠嘴裡不斷發出尖銳的「嗯」「嗯」聲。

正感到得意時，一股強大的力量向我襲來，冷不防的，我也被襲倒在地上。抬頭一看，是阿公，他吹鬍子瞪眼的看著我。

我正打算站起來，「鈴鈴鈴鈴」的聲音響了，我睜開眼睛，伸手摸到鬧鐘，把「鈴鈴鈴鈴」按掉。剛才阿肥把俗仔頂倒、我踢倒阿肥、阿公打倒我的情節只是一場夢，在夢裡，我還是那麼的討厭阿肥；在夢裡，阿公心目中，我還是比不過一隻豬！

今天是星期日，我同樣沒有睡到自然醒的權利，下了床，刷牙洗臉後，立刻到大鍋子前準備上工。

大鍋子裡，番薯藤已經冒出白色煙霧了，阿公坐在旁邊，一邊吸菸，一邊顧著火。我有點心虛，但不是心甘情願的心虛。雖然番薯藤被阿公煮了，卻不是我晚起、動作慢，而是阿公太早起、動作太快。

番薯藤煮熟後，我把爐子裡的木塊和炭火移出來，接下來就照著「假日早晨餵豬公式」那樣等番薯藤降溫、吃早餐、推番薯藤去餵豬。

因為做了一個阿肥把俗仔頂倒、我踢倒阿肥、阿公打倒我的夢，餵豬的時候，我特別留意阿肥，看夢境裡的情形會不會真的發生。不過，阿肥今天很奇怪，當我把番薯藤舀進飼料槽時，別的豬都爭先恐後的擠過來搶食，牠只是這邊尋尋，那邊覓覓，想找一個縫隙插進去吃。

「哎！你一定是知道我不喜歡你，故意跟我唱反調，不讓我夢裡的情形發生，對不對？」我在心裡對阿肥說。

阿公出現了，他沒有看我餵豬，而是盯著旁邊空著的豬圈，忽而這邊看，忽而那邊瞧，好像在盤算什麼似的。

餵完豬，我推著桶子要去大鍋子那邊洗，阿公忽然說：「阿志，你先留下來幫我整理這個豬圈。」

我停下手推車，應了聲：「好。」

我靠到空豬圈旁，跟著阿公看過去，納悶的想：「整理這個空豬圈做什麼？難道阿公想多養幾隻豬嗎？」

在阿公的指示下，我幫著把堆在豬圈裡的東西搬出去，幫著把周圍的欄杆檢查、釘牢，又幫著在豬圈一邊的空中用鐵絲拉出一個長方形，在長方形的四個角裝上鐵鉤子。

「阿公，拉鐵絲裝這些鉤子做什麼？」我好奇的問。

阿公說：「到時候可以掛蚊帳。」

掛蚊帳！屋子裡好好的不睡，阿公要來睡這裡嗎？

阿公拿出一條延長線，從屋旁有插座的地方，沿著豬圈屋頂拉到剛才拉鐵絲的地方，再把插座固定在旁邊欄杆上，然後滿意的說：

「嗯！這樣就是一間『總統套房』了。」

「阿公，你拉延長線到這裡做什麼？」我又問。

「天氣熱的時候，可以吹電扇呀！」阿公說。

吹電扇！莫非阿公真的要來這裡睡？我終於忍不住的問：「阿

公，你……要來……睡這裡？」

阿公聽了，轉頭白我一眼，說：「豬才來睡這裡啦！」豬才來睡這裡！阿公不是豬，所以不是他來睡，那是誰呢？該不會是……

阿公看我一臉疑惑的樣子，一副「你怎麼這麼笨」的表情說：「不是說了『豬才來睡這裡』嗎？這是給豬睡的！」

「給豬睡的！哪隻豬？」我再問。

阿公答：「阿肥啦！」

阿公大概被我問得不耐煩了，不等我再問，主動把來龍去脈說給我聽。經由阿公的解說，我才知道：這一切都跟昨天那個突然來訪的代表有關係！

那個代表是本鄉的鄉民代表，由於是第一次當選，很多事情都還不是很清楚。再過幾個月，是鄉內那座大廟的慶典，會舉辦神豬比賽，許多人都會養神豬參賽。

那個代表最近聽幕僚建議，說參加神豬比賽可以提高他的知名度，還可以讓民眾知道他很重視大廟的活動，有利於下次參選。可是他沒有養豬，經幕僚介紹，他才來拜託阿公，花錢請阿公幫他養。

唉！有錢真好！連參加一個大廟的神豬比賽，都可以不費吹灰之力，只要花錢假他人之手就可以了，有錢真好！

「阿公，豬圈裡那麼多隻豬，你為什麼偏偏挑阿肥？」我問。

阿公點了一根菸，吸了一口，吐出後說：「養一隻神豬起碼要一、二年的時間，現在離比賽只有幾個月，要能趕上比賽，就要用最快的方法。阿肥個頭大、食量又好，應該可以很快養肥，所以我才選牠。」

原來如此！想不到食量大也可以派上用場，真是恭喜阿肥，不久後，牠就可以晉升為「神」字輩的豬了！

整理好阿肥的「總統套房」，阿公說他要到街上去，叫我把桶子和大鍋子洗一洗。我一邊洗，一邊想：和阿公一起住了這麼多年，養了這麼多年的豬，想不到我們也會和神豬沾上關係，說真的，我充滿了期待。

我也想到那個代表。經由這件事，我又學會一點——有些事是真的，有些事是假的；什麼是真的，什麼是假的，就要像上次國文老師說的「睜開你的火眼金睛看清楚」吧！

鄉民代表是民意代表，議員也是民意代表，我也想到那個豬頭議員，是他規定老師第八節不能上課，是他害我少學許多東西，是他害我和吳雅萱、江文賢之間的落差越來越大，是他害我……

午餐，除了一鍋白飯，菜色卻有別於以往，尤其是那盤烤鴨和加了九層塔一起拌炒的鴨架子，光看、光聞，就讓我口水直流了。

烤鴨當然不是阿公去收餿水時，人家給他的，因為他收餿水是在傍晚，不是中午。我猜，應該是用昨天那個代表給他的訂金買的，而訂金是阿肥幫忙賺的。

我一邊啃著鴨骨頭，一邊想：因為阿肥晉升為「神」字輩，我和阿公才有烤鴨可吃，不知道這樣可不可以說是「一人得道，雞犬升天」……哎！可不可以都不重要，重要的是「謝謝你，阿肥，有你真好！」

# 9. 阿肥搬家

「呼嚕呼嚕」的打呼聲從阿公房間傳出來，別在意還好，越在意就越覺得刺耳，真想不懂，為什麼人睡覺的時候會打呼？

人睡覺……打呼……我也是人耶！不知道我睡覺的時候會不會打呼？找個時間，叫阿公幫我注意注意。

不管在學校也好，在家裡也好，我一直覺得睡午覺是很浪費時間的，利用這段時間做些事，不是很好嗎？於是我牽出腳踏車，拿了潤滑油，幫它好好的上上油。

從學會騎車開始，我就騎著這輛腳踏車上下學，騎著這輛腳踏車上街、回家，經過多年的來來回回，它不但換了好多零件，許多地方也生了鏽，最近還常常發生「落鏈」的情形，所以要在齒輪上些油，增加它的滑潤度。

生長在不健全家裡的孩子，還有另外一個定律——有東西壞了，要自己想辦法修。拿這輛腳踏車來說吧，半路上「落鏈」了，我自己弄回去；踏板壞了，我用鐵絲捆好，上油、保養也都自己來，只有遇到我能力範圍之外的，才會送到鄉內腳踏車店去。

好幾次，我想拜託阿公幫我換一輛新的，看到阿公開的那輛小貨車也是破破舊舊的，有時還得發上半天才發得動，我就打消了念頭，繼續將就著騎。

腳踏車上好油，阿公起來了，他提著工具箱往豬舍走去。雖然阿公沒有叫我，但我直覺他可能需要我的幫忙，所以很識相的跟在他後面。

來到豬舍，阿公拿了幾塊木板，量了長度後，拿出鋸子鋸。

「阿公，你要做什麼東西？」我好奇的問。

「做一個新的飼料槽給阿肥用，原來那個已經壞了。」阿公說。

我靠近「總統套房」看，果然，原來那個飼料槽因為太久沒用，木板已經腐朽了，像番薯藤和餿水那種有湯汁的豬食倒進去，一定會漏出來。

對阿公來說，釘做一個飼料槽，根本就像探囊取物般的容易，他沒有叫我插手、幫忙，我也只有在旁邊「監督」阿公做，只見他量呀、鋸呀、釘呀的，三兩下的工夫，一個新的飼料槽就做好了。

看看沒事了，我轉身想回屋裡，阿公卻「阿志，等一下」的把我叫住。

「阿公，還有什麼事……要幫忙的嗎？」我一邊左右張望，一邊問。

阿公看看豬圈，說：「我們來幫阿肥搬家。」

「幫阿肥搬家？」我不解的看著阿公。

看到我不解的表情，阿公一臉無奈的說：「把阿肥趕到『總統套房』裡，要開始養神豬了！」

把阿肥趕到總統套房！阿公真是的，直接說不就好了，故意說「搬家」，我還以為真的要把阿肥搬到哪裡去呢！

豬舍裡的豬圈有三區，左邊兩區目前養著豬，我們要把阿肥從中間那區趕到牠的「總統套房」——右邊那區去。

當初阿公蓋豬舍時，豬圈和豬圈之間都裝設了一道小門，方便移動豬隻。我和阿公進到豬圈裡，把那道小門打開，開始趕阿肥。

阿肥看到我和阿公靠近牠，知道我們對牠有「不良企圖」，這邊跑，那邊鑽的閃躲起來。好幾次，我和阿公好不容易碰到牠了，牠一個驚慌，「嗯」「嗯」的尖叫著，奮力逃跑了。

聽到阿肥尖銳的叫聲，加上牠又衝過來、撞過去的，其他的豬隻受了驚嚇，也跟著「嗯」「嗯」的大叫，跟著衝過來、撞過去，頓時，豬圈裡亂成一團。

我和阿公在阿肥後面追，追得丟盔卸甲，追得氣喘吁吁。

「阿志，休息一下，等一下再趕。」阿公喘著叫住我。

我停下來，一邊喘著氣，一邊看著阿肥。阿公點了一根菸，一邊吸，一邊看著阿肥。阿肥大概知道我和阿公未達目的，不會停止，也一邊喘著氣，一邊盯著我和阿公，一副「接下來看你們要做什麼」的樣子。

一會兒，阿公抽完了菸，說了聲「阿志，我們繼續」，祖孫倆又開始追著阿肥跑，豬圈裡也再次亂起來。慌亂裡，阿肥沒有過去「總統套房」，反而是另外兩隻跑過去了。

阿公罵了聲：「笨豬，你們兩個沒有資格啦！」叫我過去把那兩隻笨豬趕回來，再繼續追阿肥。

阿肥被我追到角落，前無進路，後有追兵，是抓住牠的好機會。就在我伸出雙手時，沒想到牠忽然轉身，一股腦兒的向我撞來，像上次我把牠踢倒那樣，把我撞倒了。我跌坐在地上，屁股一陣涼意，用手一摸，溼溼的；湊近鼻子一聞，哇！好濃的尿騷味！我竟然一屁股坐在豬尿上了！

看到我被阿肥撞倒，阿公笑說：「你飯是怎麼吃的？竟然被一隻豬撞倒！」

被豬撞倒當然是很丟臉的事，加上被阿公笑，我惱羞成怒了，忍不住脫口而出：「阿肥，你這隻笨豬！給你住總統套房享受你不要，還敢撞我，真是隻超級大笨豬！」

在學校打籃球時，常用到「前後包夾」的戰術，剛才我和阿公也用過，阿肥卻向左右兩邊跑了。趁著喘息的時候，我靠近阿公，說：「阿公，等一下我們一人一邊，用左右夾擊的方式趕。」

「有用嗎？」阿公一臉不信的樣子。

「用左右夾擊，阿肥只能往前，不能向後。我們把牠夾到小門前，牠往前一跑，不就進去了？」我說——這是我這輩子第一次「指導」阿公。

「好吧！我們試試看。」阿公說。

重整旗鼓後，我和阿公一人一邊，用左右夾擊的方式趕阿肥。先前被我和阿公追了那麼久，阿肥大概也跑累了，牠沒有什麼掙扎，被我和阿公左右夾著，兩邊沒有路可跑，後退又看不到路，只能稍微抵抗的被我和阿公夾著往前移動。

移到小門附近，阿肥看到門的那邊有路，彷彿找到生路，猛的往前一衝，衝進了「總統套房」。阿公順勢把門關上，阿肥搬好家了——雖然房客只有阿肥單獨一個，也不用搬任何家具，卻讓我和阿公累得灰頭土臉、氣喘如牛！

搬進「總統套房」的阿肥，或許受到了驚嚇，或許不習慣新環境，更或許知道了接下來牠將過著孤獨的生活，身子動也不動的站著，兩眼一直看著我和阿公。

「看什麼看?給你住總統套房不好啊？」我咬牙切齒的說。

# 10. 多了個競爭者

星期一，恢復上學的日子。

我背著書包，把道服放在車籃裡，騎著腳踏車往學校出發。經過昨天上了油，腳踏車踩起來輕鬆多了，我只要不要突然猛力踩，就不會發生「落鏈」的情形。

騎著騎著，我不自覺的哼起歌來，哼的又是那首〈我是一隻小小鳥〉！

騎車騎到唱歌，表示我心情好；心情好，表示我喜歡上學……其實我也不清楚我喜不喜歡上學！說喜歡嘛，有幾個科目讓我很頭痛、很排斥上課；說不喜歡嘛，放假在家時，我又很期待上學，哎！真是很矛盾！

進到鄉裡，我在十字路口停下來，等綠燈亮。突然「叭」的一聲喇叭聲在我身旁響起，我嚇了一跳，腳踏車差點倒掉。

轉頭一看，是江文賢，他坐在副駕駛座，嘻皮笑臉的對我說：「喇叭是我按的啦！我想故意嚇嚇你。」

故意嚇我！江文賢按喇叭嚇我！我沒有駕照，不懂交通規則，不知道按喇叭嚇人有沒有違法，但我很氣他這種行為。還有他爸爸，江文賢又不是駕駛，怎麼可以讓他亂按喇叭？

我低下頭，從車窗看進去，開車的是個白髮蒼蒼的老人，應該是江文賢的爺爺或阿公吧，他可以縱容江文賢亂按喇叭嚇人，可見也高明不到哪裡去！

綠燈亮了，汽車的起動比腳踏車快，「噗」的一聲，江文賢坐的車子揚長而去，我踩著腳踏車，繼續往前進。

騎沒多遠，吳雅萱出現在路旁的人行道上，我原本想停下來向她打個招呼，又想到萬一她不理我，不是又當眾丟臉嗎？只好帶著惋惜繼續往前騎。

或許是異性相吸的關係吧，和江文賢比起來，吳雅萱可愛多了，她唯一的缺點，就是老喜歡在桌上放吃的東西引誘我！

來到教室，我把書包放好，提著道服到體育館地下室報到。

早上的訓練由學校老師負責，他不像外聘教練那麼嚴厲，加上時間有限，做完熱身，練些基本動作，再踢個幾回合，就讓大家回教室上課。

剛在座位上坐下來，一陣香味鑽進我的鼻孔，頓時口水流了我滿嘴。轉頭看，又是吳雅萱，她桌上放了個咬了幾口的麵包，香味是那個麵包散發出來的，而且是椰子香。

我早餐吃的是一成不變的稀飯，剛才練跆拳流了汗，稀飯早變成汗水流光了，聞到椰子香，我更餓了，餓到頭有點暈。我吞了吞口水，忍住。

辛辛苦苦的忍了兩節課，下課時，我到飲水機前喝水，喝得肚子鼓鼓的，用水把空虛的胃塞滿，降低飢餓感。回到座位，吳雅萱那塊麵包已經被她吃掉了，不然，我可能真的會對她說「你那塊麵包可不可以給我吃」。

這節是「視覺藝術」課，視覺藝術其實就是美術課、畫畫課——從開始上「視覺藝術」課，美術老師就只有叫同學畫圖。

第一次解釋「視覺藝術」給阿公聽的時候，他很不以為然的說：

「那些設計課程的人不是太閒，就是很自以為是，畫圖就畫圖，說什麼視覺藝術，講得這麼高級！你上了以後，一樣是個養豬老頭的孫子，有變得比較高級嗎？」

雖然阿公說得很酸、很諷刺，仔細想想，好像也沒錯！

美術老師說，鄉裡的大廟慶典，舉辦了一項與

慶典有關活動的繪畫比賽，獎金很豐富，她希望大家都參加，發給每人一張大廟慶典活動的照片，叫大家照著照片畫，畫好就可以送件參賽。

照著照片畫！美術老師好聰明啊！這樣她就不用曬太陽，只要待在教室看同學畫，也不用冒「帶同學出去，怕會發生意外」的險，到時候還有作品可以參加比賽……嗯！老師果然不是尋常人可以當的，至少我就不行！

我分到的是一張神豬的照片，代表我要畫的是神豬。

我用鉛筆把神豬的草圖畫在圖畫紙上，畫著畫著，我想到阿肥，再過幾個月，牠就會變成照片裡這個樣子……想著想著，我忍不住笑了。

「哎喲！朱孝志，你畫神豬啊？好巧，我也是耶！」江文賢驚喜的叫。

我笑一笑，沒吭聲，心裡卻想：「是喔！那……是你該感到榮幸？還是我該感到不幸？」

「朱孝志，我跟你說喔！我爺爺這次也要參加神豬比賽耶！上次他只得到貳等，很不甘心，他說這次一定要得到特等。」江文賢說。

聽到江文賢的爺爺也要參加神豬比賽，我好奇的問：「你爺爺也有養豬嗎？」

「他沒有養啦！」江文賢忽然壓低聲量，神祕兮兮的說：「我告訴你喔！你不可以說出去，他是花錢請別人養的啦！」

花錢請別人養！不就跟那個花錢拜託阿公養的鄉民代表一樣！

鄉民代表參加神豬比賽是為了出名，那……江文賢的爺爺呢？

「江文賢，你爺爺為什麼要參加神豬比賽？」我好奇的問。

江文賢答：「他說是為了面子，如果他得到特等，人家會覺得他很厲害，他就會有面子，連走路都會有風。」

面子！用參加神豬比賽讓自己有面子，這未免太……太仗「豬」欺人了吧！

「他已經託人家養很久了，這次他是勢在必得。」江文賢話鋒忽然一轉，說：「朱孝志，你阿公不是也……」

江文賢還沒說完，我立刻瞪他一眼，小而有力的喊了聲「閉嘴」，不准他繼續說下去。

江文賢看了，沒有說出「也」後面的話，小聲的問：「你阿公……要不要參加比賽？」

「我阿公他……」我頓了一下，說：「沒有，他對這個沒有興趣。」

「真的？沒有就好，這樣我爺爺就少了一個競爭者。」江文賢面露笑容。

是啊！江文賢的爺爺少了一個競爭者，可是，我阿公就多了一個競爭者了！

江文賢說，他爺爺已經託人家養了很久了，這次是勢在必得。可見他爺爺不只是個競爭者，還是個強有力的競爭者。回家後，我一定要告訴阿公，叫阿公多加點油。

我低下頭，繼續把照片裡神豬的草圖畫在圖畫紙上，畫著畫著，照片裡的神豬變成了阿肥……

# 11. 為阿肥加菜

出了地下室，我三步併作兩步的衝到車棚，牽出腳踏車，腳一跨，右腳踩、左腳踩的往家的方向快馬加鞭而去——我要趕著回家幫忙餵豬。

我一邊騎，一邊想著：昨天餵餿水，今天應該餵番薯藤……哎！算了！餵餿水要檢查、挑除，餵番薯藤要先剁，不管餵什麼，都有很多事要做。

我右腳用力踩，左腳用力踩，踩著踩著，忽然「啪」的一聲，踏板空轉了，我知道：落鏈了！我拉了煞車，跳下車，把書包放在地上，蹲下來把鏈條裝回去。

裝鏈條對我來說，其實是輕而易舉的事，只要把鏈條拉起來，卡進齒輪的「牙齒」上，另一手轉一下踏板，就可以恢復原狀了。因為昨天才上過油，鏈條滑滑的不好抓，加上我有點心急，越急就越不順，我一邊擦汗一邊裝，小小的費了一番工夫才裝回去。

回到家，阿公正準備剁番薯藤。我接過菜刀，說：「阿公，讓我來。」

阿公看我一眼，發現祕密似的問：「你臉上為什麼黑黑的？」

黑黑的！有嗎？我用手背一擦，一看，是鏈條上的潤滑油，「是潤滑油啦！剛才腳踏車落鏈，我裝的時候，擦汗弄到的啦！」我一邊說，一邊亮亮手，讓阿公知道我手上也有。

我以為阿公還會再說些什麼，比如「幫你換輛新車好不好」，但他什麼也沒說，點了一根菸，在旁邊吸起來。

「阿公。」我先開口：「我們班有個叫江文賢的同學。」

阿公吐了一口菸，說：「江文賢？國小跟你同班那個嗎？你不是不喜歡他嗎？他現在又跟你同班啊？」

這些不是重點，我沒有回答，接著說：「他說，他爺爺今年也要參加神豬比賽喔！」

「他要參加是他家的事，你管人家那麼多做什麼？」阿公不在意的說。

「他說，他爺爺已經拜託人家養了很久了，這次一定要拿特等獎。」我急著說明。

「特等就特等啊！他喜歡就給他嘛！」阿公還是一副不在乎。

「這樣阿肥就得不到了呀！」

「只剩下幾個月，阿肥本來就得不到。」說完，阿公丟了菸蒂，起身走開。

記得剛加入跆拳道校隊、第一次和外聘教練見面時，他說：「參加校隊的訓練，目的就是為了參加比賽、為了得名。如果你只是為了運動、打發時間，建議你趁早離開。」

我覺得教練說的很有道理，「參加訓練就是為了比賽、為了得名」，不然訓練什麼？養神豬也是呀！養了就是要得獎，不然養牠做什麼？可是阿公卻是一副不在乎的樣子，真不知他是怎麼想的！

我把剁好的番薯藤倒進大鍋子裡，加些水，點了火，開始煮番薯藤。阿公又來了，把一個袋子放在我面前，說：「把壞掉的部分削掉，好的留下來。」

我打開袋子瞧，裡面是蘋果，拿出一顆看，一部分已經爛掉了。

「阿公，這些蘋果是……」

我還沒問完，阿公就說：「只吃番薯藤，怕營養不夠。是給阿肥吃的，給牠補充營養，才會長得肥。」

喔！給阿肥補充營養的呀！我以為……聽阿公說過，在他小時候，只有生病的人才有資格吃蘋果。現在，蘋果人人都吃得起了，反而是要當神豬的豬，才有資格吃蘋果！

我削蘋果的時候，阿公又進進出出的拿了一些東西來豬舍，有一包一包的，有一塊一塊圓圓的，還有……哎！很多都是我沒看過的。阿公告訴我，一包一包的是飼料和麥糠，一塊一塊圓圓的是豆餅，較小的一包是胃腸藥，都是替阿肥準備的。

從我和阿公一起住開始，我只看他用餿水和番薯藤餵豬，想不到豬竟然有這麼多東西可以吃，連胃腸藥都有！

「阿公，豬也會肚子痛、拉肚子嗎？」我很有興趣的問。

「我又不是豬，我哪知道？」阿公說。

我指指胃腸藥，說：「那這個……」

「那是給阿肥幫助消化的，牠消化得好，就吃得多，吃得多，就肥得快。」阿公說。

我驚訝的看著那一小包藥，想不到養一隻神豬也有這麼多學問！

餵豬的時間到了，我和阿公把降了溫的番薯藤舀到桶子裡，推到豬舍給豬吃。

別的豬吃的是單純的番薯藤，阿肥的番薯藤裡還加了許多切小塊的蘋果。一開始，阿肥大概有點受寵若驚，聞了又聞，一口也沒吃。一會兒，聽到隔壁豬圈傳來「嘖」「嘖」「嘖」的聲音，引起了牠的食慾，也開始「嘖」「嘖」的吃起來，而且兩三下就吃個精光。

我又去盛了兩桶過來，分別舀給阿肥和豬隻們吃，當然，阿肥的有特別加菜——切小塊的蘋果。

「阿公……」忽然，我把要說出口的話又吞回去，因為我怕阿公聽了會生氣。

「怎麼不說了？」阿公轉頭看我：「男子漢大丈夫，有話就說，有屁就放，幹麼這樣吞吞吐吐的？」

「阿公，我是想問……」我小心翼翼的問：「你剛才不是說『只剩下幾個月，阿肥得不到獎』嗎？既然不會得獎，幹麼花錢買這麼多東西給阿肥吃？」

阿公又點了一根菸，說：「我拿了人家的錢，接受了人家的拜託，就算不會得獎，該做的也要做到、做好，對人家才能夠交代。」

我點點頭，表示這句話我懂。外聘教練常說：「認真練，要花時間；不認真練，也要花時間。那就認真練，因為認真練，就會有好的結果。」跟阿公說的意思很相像。

離開豬舍前，我回頭看阿肥一眼，正好牠也向我看來，而且一直看著。牠是不是想對我說什麼呢？套用阿公說的「我又不是阿肥，我哪知道」，既然不知道，那就……算了！

把大鍋子和桶子洗好後，我進屋和阿公吃晚餐。桌上，除了一鍋白飯、常吃的菜，還有三條煎得油亮亮、香噴噴的香腸。香腸也是豬肉做的，我要不要「自相殘殺」呢？

看我沒有動筷子夾，阿公說：「吃啊！這些香腸是用外國的豬肉做的，放心的吃吧！」

用外國的豬肉做的！外國離台灣很遠，吃了應該不算「自相殘殺」吧！於是我夾了一條放進碗裡，阿公也夾了一條放進碗裡，剩下

的一條，阿公連盤子一起推到我面前……

# 12. 自找麻煩

自從阿肥住進「總統套房」後，除了原來的早晚餐，阿公還幫牠加了午餐，每餐不是加菜，就是阿公調製的特餐。加上阿肥本來就很會吃，一段日子下來，牠不但比隔壁豬圈、同一窩的兄弟姐妹大了將近一倍，身上也出現一圈一圈的肥肉，越來越像神豬了。

平日，雖然我一天只餵阿肥一餐，但也有三分之一的功勞，看阿肥越來越像神豬，我也「與有榮焉」！

自從阿肥和牠的兄弟姐妹分開住之後，牠不再霸道……不，應該說「就算牠想霸道，也霸道不起來了」，其中受惠最大的，當然就是那隻老被阿肥欺負、較軟弱的俗仔，餵食時，牠再也不會被阿肥擠到「嗯」「嗯」叫、搶不到東西吃了。

我覺得：阿公挑中阿肥當神豬，把牠和其他豬隻分開養，真是一舉兩得的聰明抉擇！

草原上的獅群會有一隻獅王，森林裡的猴群也會有一隻猴王，那麼豬圈裡的豬呢？好像也有一隻豬王吧！

阿肥還沒住進「總統套房」時，一天到晚橫行霸道、仗勢欺人，儼如一隻豬王的模樣。牠住進「總統套房」後，起而代之的是豬哥。

豬哥平常就很喜歡「騎」別的豬，現在更是肆無忌憚了，當豬圈裡發出「嗯」「嗯」聲，若不是豬隻們在爭食，就是豬哥又重施故技，所以豬舍裡常出現我罵牠的「豬哥，你都還沒有發育健全，就想『騎』人家！」「你皮在癢嗎？小心我進去揍你」——當然，只有阿公不在時，我才敢這樣放肆的罵。

這天，我在檢查阿公載回來的餿水時，挑出了近二十個牡蠣殼，「阿公，你看，連這種東西都丟進餿水裡！」我一邊說，一邊把牡蠣殼拿給阿公看。

阿公一看，如獲至寶的說：「那個別丟掉，留下來，留下來。」

留下來？阿公把牡蠣殼留下來做什麼？它又不能吃！

看我一臉疑惑的樣子，阿公說：「牡蠣殼有鈣質，把它磨成粉，摻在豬食裡給阿肥吃，能補充牠的鈣質，這是免費的補品呢！」

牡蠣殼有鈣質？可以吃？這是我第一次聽到，雖然不是很相信，但阿公是養豬的專家，他說的應該不會錯。

餿水煮滾、冷卻後，我負責舀給豬隻們吃，阿公負責幫阿肥加菜，接著拿了牡蠣殼，說要去磨粉，留我一個人在豬舍裡。

我靠著「總統套房」的欄杆，看阿肥吃餿水。牠每吃一口，身上的肥肉就會像波浪那樣波動一下，一直吃一直吃，波浪就一波接一波的出現，看起來好好玩。

看著阿肥身上波動的肥肉，我想起班上有個胖子，他身上肥肉也很多，上體育課跑步時，身上的肉也會上下震動，而且總是一臉辛苦的表情，喘得很厲害的樣子，不知道阿肥會不會？

隔壁豬圈傳來「嗯」「嗯」的叫聲，我移過去看，是豬哥，牠又騎在人家背上了，這次被騎的是俗仔。

說到俗仔，一開始，我有點同情牠較弱小，又常被阿肥欺負。最近，我不但不同情牠，反而覺得牠有點孬，阿肥都不在了，牠還是一天到晚「嗯」「嗯」的被欺負，絲毫不懂得反抗。

豬哥依然騎在俗仔背上，俗仔依然「嗯」「嗯」的叫著，我還是路見不平的開口罵：「豬哥！你是公的，俗仔也是公的。人們在搞『同婚』，你也想嗎？」

豬哥沒有理我，繼續把兩隻前腳搭在俗仔背上。

我忍不住了，縱身爬上欄杆，跳進豬圈裡，舉起腳，「啊殺」一聲向豬哥踢過去。因為用力過猛，另一隻腳沒有支撐好，就在我踢出腳時，整個身體騰了空，然後跟地面平行的仰著摔落在地上，後腦勺也「砰」的撞到地板。頓時，後腦勺很痛，頭很暈，暈得我躺在地上爬不起來。

豬隻們看我躺在地上，紛紛圍過來，好奇的用鼻子在我身上聞來聞去。豬哥最噁心，牠聞的是我的臉，還把牠的口水和鼻水沾在我臉上。我一直推牠，牠卻越靠近。我好怕！怕牠兩隻前腳搭在我臉上，然後騎……

躺了一會兒，頭暈的感覺消失了，我吃力的爬起，站起，但後腦勺還是隱隱作痛，我忍著痛，從豬圈爬出來。

阿公正好來了，朝我後背看了看，問：「阿志，你的背後怎麼溼溼的？」

我忍著痛，裝做沒事的說：「剛才豬哥欺負別的豬，我想進去把牠們分開，誰知一跳進去就……滑倒了，後面才會溼溼的。」

阿公聽了，沒有問我有沒有摔得怎麼樣，反而不當一回事的說：「牠要欺負就讓牠欺負啊！人和人之間都會互相欺負，何況是豬呢？這也是一種生態呀！」

是啊！阿公說的沒錯，我也知道這個道理，可是，我就是看不慣嘛！

我的後腦勺很痛，痛到不想再多說話，何況我是為了踢豬哥才摔倒的，繼續說下去，萬一露了口風，可能還會招來一頓罵呢！

跆拳教練說過：挫傷時，三天內用冰敷，可以消腫、防止內出血。我後腦勺撞到地板，應該也算挫傷，應該可以用冰敷。可是家裡沒有冰箱，用什麼冰敷？騎車到鄉裡去買冰塊，又會被阿公發現，怎麼辦呢？

我靈光一閃，想到一個方法：用毛巾沾冷水來敷，冷水雖然沒有冰塊那麼冰，至少溫度比較低，應該也有冰敷的效果，於是我拿毛巾沾冷水冰敷。

不知是心理作用，還是真的有效，用這種應急的方式冰敷了一陣子，後腦勺真的沒有原先那麼痛了。

記得國小上健康課時，老師說過：頭部受到創傷時，若是會頭暈、嘔吐，可能會有腦震盪。剛才我的後腦勺撞到地板時，也有頭暈，所以我一邊冰敷，一邊注意有沒有嘔吐——我很怕會有腦震盪！

吃晚餐時，阿公看我頭髮溼溼的，問：「你是流汗？還是洗頭？頭髮溼成這個樣子！」

「洗頭啊！我剛才跌倒時，頭髮沾到了豬尿……」我隨口胡謅。

阿公信以為真，沒有再追問下去。

我心虛的一邊扒飯，一邊想：「我真是自找麻煩啊！下次不要用腳踢，用拳頭搥。」接著，我腦海浮現一幅豬哥被我搥的畫面……

「阿志，你笑什麼？」

「我……我想到阿肥越來越肥啦！」我又胡謅。

# 13. 踏花歸去馬蹄香

又是一天的開始。

升上國中後，我早上要練跆拳，上完八節課，一、三、五放學後要訓練，回家還要幫忙餵豬，看起來很忙碌。因為我沒有電腦可用，也很少看電視，睡眠時間很充足，除非這一天有讓我很頭痛、很排斥的科目，不然，我向來都是神采奕奕的。

我踩著腳踏車，嘴裡哼著歌，往學校出發。今天運氣很好，沒有遇到江文賢——其實我也是很難得才遇到他一次，卻看到吳雅萱。騎過她旁邊時，我又興起向她打招呼的衝動，但這衝動一瞬間就消失了，因為我怕熱臉貼冷屁股！

超越過吳雅萱後，我忽然想：「如果有一天，我鼓起勇氣向吳雅萱告白，不知道她會不會嫌棄我是個養豬戶的孫子？」才剛這麼想，一股罪惡感隨即冒了出來：「呸呸！豬小子！你才念國一，跟豬哥一樣都還沒有發育健全，怎麼可以有這種噁心的想法？」

頓時，我的臉一熱，很怕被後面的吳雅萱發現我的尷尬，兩腳立刻猛力的踩，一路騎進學校。進到教室，我怕吳雅萱跟著進來，動作迅速的放好書包，三步併作兩步的衝到體育館地下室。

訓練過程中，有個學長一直嘻皮笑臉、漫不經心的。訓練結束後，老師很生氣的把大家留下來訓話。早上的指導老師雖然不像外聘教練那麼嚴厲，一訓也訓了十幾、二十分，才讓大家回教室上課。

回到教室，第一節國文課不知已經上了多久了。我輕輕巧巧的，不影響國文老師講課、不干擾同學們聽課的坐到座位上。

國文老師講了一個段落後，停下來看向我，說：「這位同學，你這樣滿頭大汗的，要不要先擦掉？不然等一下旁邊的人會被你熏死！」

國文老師說完，教室裡起了一陣小小的笑聲。我尷尬的走到置物櫃前，拿毛巾把整顆頭擦了又擦。

「有什麼好笑的？這很正常啊！運動員的身上如果沒有汗水味，就不是運動員了。」國文老師像在幫我找台階下，又像講課的說：「宋朝有人寫了一首詩，詩裡有一句『踏花歸去馬蹄香』，可以說明這件事……」

國文老師還沒說完，我旁邊的吳雅萱立刻問：「老師，『踏花歸去馬蹄香』是什麼意思？」

國文老師看看吳雅萱，笑笑說：「簡單的說，就是：你騎馬走過滿地都是落花的路，回家後聞聞馬蹄，上面還沾著花香呢！這意境是不是很美？」

「這意境是很美，可是……」吳雅萱頓了一下，接著說：「運動員身上有汗水味，就……不太美了！」

吳雅萱這麼一說，同學們笑了，我的臉又熱了。

「老師，你剛才說『踏花歸去馬蹄香』可以說明這件事，怎麼說明？」有同學問。

國文老師答：「馬蹄踩過落花，就會沾上香味，說明了：人處在哪種環境裡，身上就會有那種環境的味道；人從事哪種行業，身上也會有那種行業的味道。」

「我知道了，所以賣臭豆腐的，身上會有臭豆腐的味道。」提問的同學說。

「開花店的身上會有花香味。」吳雅萱跟著說。

國文老師笑笑說：「所以運動員的身上會有汗水的味道。」

國文老師剛說完，一句「還有，養豬的身上會有豬味」冒了出來，講這句話的不是別人，正是那個令我討厭的江文賢。我猛的把臉轉向他，衝口而出：「江文賢，你閉嘴行不行？」

「這位同學，上課時，每個人都有發表意見的權利，你怎麼可以這樣？」國文老師一邊說，一邊看向江文賢，有讓他繼續說的意思。

有國文老師當靠山，江文賢手向我指來，說：「我國小和他同班，他阿公是養豬的，以前我常常聞到他身上有豬味。」

江文賢說完，教室裡響起一陣笑聲，很大，很響。我頭皮一麻，臉一熱，倏的站起來，指著江文賢大吼：「江文賢，你不說話會死啊？」

看我失控了，國文老師立刻到我身邊安撫我。我滿腦子亂七八糟的，只覺得耳朵嗡嗡作響，好像同學們「啊！他家是養豬的」「他身上有豬味嗎」「怪不得他叫豬小子」……的嘲笑。

下課鐘一響，我立刻從椅子上彈起，一陣狂風似的衝到江文賢座位旁。

我滿腔怒火，原本想像上次踢阿肥那樣「啊殺」一聲的踢江文賢，但外聘教練說過：不可以用跆拳學到的功夫和人起衝突，於是我雙手抓住江文賢的桌子，用力一掀，把桌子掀倒在地，順便把他掉在地上的鉛筆盒一踢，把裡面的筆呀、尺呀踢得四散。

接著，我指著江文賢的鼻子大罵：「江文賢，你犯賤啊！我警告過你多少次了？不說話你會死嗎？講了這些你很得意嗎？我現在讓你講，有種你再講講看！」

江文賢就是個癟三，被我這麼一掀、一踢、一罵，整個人瑟縮在椅子上，屁都不敢放一聲。同學們看到我掀江文賢的桌子、踢他的鉛筆盒，先是嚇了一跳，再看到我大罵江文賢，紛紛靜了下來，沒有人敢出半點雜音。

做出這些舉動，我知道：在同學們的心中，我的形象已經徹底毀了！不過，顧不了那麼多，也不管同學們用什麼眼光看我，我轉身走出教室，來到洗手台前，把頭埋到水龍頭下，打開水龍頭，拚命沖水——我想沖掉滿腦子的亂七八糟，沖掉剛才江文賢說的那些話，沖掉我身上的熱氣……

「都是國文老師害的！沒事幹麼說『踏花歸去馬蹄香』？說『入鮑魚之肆，久而不聞其臭』不好嗎？」我一邊沖，一邊抱怨國文老師。

班導來了——應該是哪個同學去請她來的，先叫我把頭擦乾，再叫江文賢把桌子扶正、把地上散落的文具撿起來，接著把我帶到輔導室裡的諮商室，問我發生了什麼事。

發生什麼事？請她來的那個同學應該有告訴她呀！幹麼多此一問？所以不管班導怎麼問，怎麼旁敲側擊，我就是不說話——我若說了，我不想讓人知道的事，就會多一個人知道……

# 14. 豬隻的差別待遇

回到家，阿公已經在剁番薯藤了。我接過菜刀，坐下來，一把一把的剁起來。

「阿志，聽說……你今天掀人家的桌子了？」阿公問。

我很訝異，反問阿公：「你……怎麼知道？」

「你們老師打電話告訴我的。」阿公點了一根菸，吸吐一口後，又問：「為什麼掀人家的桌子？」

「嗯……沒……沒事啦！」我支支吾吾的。

「沒事你掀人家的桌子！吃飽太閒了？」阿公口氣不太好。

「那是因為……他在全班面前說我身上有豬味！」我有點激動。

阿公聽完，緩了口氣說：「養豬的人身上有豬味，是很自然的事，澡洗乾淨一點，衣服換勤快一點，就不會有味道了呀！」

「他說的是國小的時候，不是現在啦！」我依然有點激動。

阿公愣了一下，低頭猛吸菸，不再說話。看阿公的樣子，我忽然覺得很歉疚——剛開始和阿公一起住的時候，我年紀還小，澡是阿公幫我洗的，換下來的衣服也是他洗的。五、六年級時，澡我自己洗，髒衣服還是阿公洗。升國中的暑假，我覺得不應該再麻煩阿公，衣服也自己洗了，連阿公的我也包了——剛才，我好像把被江文賢嘲笑的過錯都推給阿公了！

從聽到我說「他說的是國小的時候，不是現在」，到吃晚餐，到上床睡覺，阿公都沒有再和我說話。我猜，對於我的被嘲笑，他應該也很內疚吧，因為我國小的衣服是他洗的！

隔天，星期六，雖然不用上學，我還是很準時的起床，幫忙餵了豬，吃過早餐後，阿公開著他的小貨車出去了。一陣子後，他載了一些沙回來，叫我用桶子和推車把沙推到阿肥的「總統套房」裡。

在阿公的指示下，我幫忙把沙倒在「總統套房」的一邊，鋪成一個長方形、約十公分厚的平台。

「阿公，鋪成這個樣子做什麼？」我不解的問。

「給阿肥當床睡呀！」阿公答。

給阿肥當床睡！我第一次聽到豬也要睡床，而且是睡「沙床」。

阿公說，阿肥越來越胖，躺著的時間比站著的時間長，讓牠一直躺在冷冰冰、硬邦邦的水泥地上，怕牠會不舒服，鋪一個沙床給牠躺，除了讓牠感到舒服，也能保護牠的皮膚不會磨受傷。

我和阿公又是趕、又是推、又是哄的，費了九牛二虎之力，才把阿肥弄到沙床上。感覺到沙床的柔軟和舒服，阿肥「咚」的一聲躺下去，低吟兩聲後，閉著眼睛睡了。

阿公拿出一件蚊帳，掛在之前拉的鐵絲的鉤子上，把阿肥罩在蚊帳裡。

這畫面跟古裝戲裡貴妃躺在帳子裡睡覺的畫面很像，只不過眼前這個「貴妃」沒有戲裡的貴妃那麼美，不但不美，反而有點……嚇人！

「給阿肥掛蚊帳的目的是什麼？」我問。

「廢話！掛蚊帳當然是避免被蚊子叮呀！」阿公白我一眼，說：「豬舍的後面都是雜草，每次沖洗豬圈時，水流到雜草裡，會生出很多蚊子，蚊子會來叮阿肥、吸阿肥的血，到時候阿肥的皮膚會很難看，賣相會不好。」

「不對吧！」我看著阿肥說：「阿肥現在這麼胖，身上都是油，蚊子叮了，也只吸到油，吸不到血呀！」

阿公一聽，愣了一下，笑笑說：「欸！你說的也對喔！」

我笑一笑，看看躺在蚊帳裡、沙床上的阿肥，再看看隔壁豬圈阿肥的兄弟姐妹們，牠們雖然和阿肥同一窩，待遇卻大不相同，不知道牠們會不會羨慕阿肥？

忽然，一陣引擎聲從外面傳過來，有引擎聲，表示有人來，我和阿公不約而同的出去看。

是那個拜託阿公幫他養神豬的鄉民代表，他一下車就說：「我正好從附近經過，就順便繞過來看看。」

正好經過？順便繞過來？政治人物說的話，根本不能相信！我們這個地方向來就是人煙罕至，他怎麼可能正好經過？既然不可能正好經過，那就是專程來的。還有，他手上提的那袋水果，該不會也是「順便」買的吧！

阿公接過水果，說：「人來就好了，幹麼帶東西？不好意思啦！」

代表沒有理會阿公的話，自顧自的說：「我是來看看神豬養得怎麼樣了，不要到時讓我丟臉，影響下次參選。」

我就知道嘛！還說是正好經過、順便繞過來呢；我就知道嘛！說沒想過要得獎，其實想得要死！政治人物說的話，真的不能相信！

「我帶你去看看。」阿公說完，帶著代表向豬舍走去。閒著沒事，我也跟在後面湊熱鬧。

代表看過阿肥後，似乎顯得很滿意，竟然問阿公：「有沒有希望拿特等？」

阿公笑著答：「時間這麼短，就算用打氣的，也不可能拿特等呀！」

有沒有希望拿特等！看吧！看吧！真面目終於露出來了吧！我都說了：政治人物說的話，是不能相信的！

吃過午餐後，阿公著手調製阿肥的午餐。他拿出一種粉狀的飼料，加了水，調成糊狀給阿肥吃。阿肥吃了一部分後，就停了下來。

阿公看阿肥不吃了，拿出一支大型注射筒，把糊狀飼料裝進筒裡，叫我按住阿肥的頭，他把注射筒伸進阿肥的喉嚨用灌的。

阿肥被我按得不舒服，開始掙扎，因為牠太胖，動作很遲鈍，就算掙扎，也只是象徵性的動一動，只能任由我和阿公擺布。就像打針那樣，阿公用力一推，把筒裡的飼料推進阿肥的喉嚨裡，阿肥沒辦法，只能照單全吃。

灌了幾次後，阿肥大概真的吃不下了，飼料從嘴邊流了出來，阿公才停止灌食。我一邊按住阿肥的頭，一邊看阿公灌，看到連我都想吐了！

阿肥動也不動的躺在沙床上，身體被肥肉擠皺成一摺一摺的，眼睛也被肥肉擠到看不見了，看不出牠現在是很舒服，還是很痛苦。

進到屋裡後，我腦海裡一直浮現著剛才阿公替阿肥灌食的那幅畫面，忽然，我有點想吐……

# 15. 手受傷了

最近，學長、學姐們要參加比賽，教練訓練的重心都擺在他們身上，像我這種低年級、還上不了檯面的，不是自己練基本動作，就是在旁邊觀摩學長、學姐練，偶爾，才會有人被叫去當學長、學姐的靶子。

這一天，教練看我有點基礎，應該受得起撞擊，叫我拿一塊長方形腳靶，讓學長、學姐練腳力。雖然是拿腳靶讓學長、學姐踢，也要蹲好馬步，做好防備，不然遇到很厲害的學長、學姐，還是有被踢倒的可能。

和我對練的是個學姐，她身材瘦削，手長腳長，聽說去年就得過區中運的銀牌，是隊裡的厲害人物之一。

我依照教練的指示，把腳靶在不同的位置移動，讓學姐踢。雖然我蹲了馬步，做了防備，但學姐出腳速度快，而且又猛又準，「啪」「啪」「啪」的踢過來，每踢一腳，我的身體就跟著震動一下，我想，如果我沒蹲馬步、做防備，早就被學姐踢倒在地上了。

學姐又一腳「啪」的踢了後，我準備把腳靶移到左邊腰部，剛移動而已，學姐的腳已經踢過來了。眼看腳靶來不及到位，我就用左手臂去擋。「啪」的一聲，學姐踢在我的肘關節上，一陣劇痛襲來，我一屁股坐了下來。

學姐嚇到了，驚慌失措的一直說「對不起」「對不起」。教練看到了，靠過來一直問「有沒有怎麼樣」「有沒有怎麼樣」。我忍著痛，動了動臂膀，一直說「沒事」「沒事」，然後忍著痛，退到旁邊休息。

訓練結束，去車棚牽腳踏車時，左手肘關節只要做伸、彎的動作，就會很痛，痛到連把手都沒辦法握，我只好冒著危險，用單手握把手騎車回家。

回到家，阿公已經在剁番薯藤了，我立刻接過菜刀剁。因為肘關節伸直會痛，沒辦法像平常那樣伸直手臂把番薯藤按在木頭上，我就把身體歪向左邊，彎著肘關節剁。

阿公看了，納悶的問：「阿志，你幹麼把身體歪到左邊？」

「我……我……」我本來不想講，可是關節真的痛得受不了，只好老實的說：「我……我的關節有點痛，伸不直。」

「關節為什麼會痛？」阿公又問。

「剛才練……跆拳時，被……踢傷了。」我吞吞吐吐的。

阿公聽完，說了句「把菜刀給我」，叫我到旁邊去，他一把一把的剁起來。

生火、煮番薯藤，我都想幫忙，但只要動到左手肘關節，我就痛到齜牙咧嘴，只好在旁邊「幫忙」看。舀番薯藤到飼料槽時，我終於幫上忙了，因為舀番薯藤只要一隻手就可以了。

應該說，拜肘關節痛所賜吧，今天應該是從我開始幫阿公餵豬以來，事情做得最少的一天！

晚餐時，我的手肘還是很痛，痛到沒辦法端飯碗，只好低下頭，以口就碗吃。吃的時候，還不時瞄瞄阿公，只見他不是微微搖搖頭，就是皺皺眉，一副「真不知該拿你怎麼樣」的表情。

「趕快吃一吃，吃完，我帶你去看醫生。」阿公終於忍不住了。

聽了阿公的話，我立刻加快扒飯的動作。由於少了一隻手扶住飯碗，扒飯時，碗會滑動，我一下子扒飯，一下子把碗抓回來，想快也快不起來。

晚餐後，阿公把餐桌收拾好，開著小貨車帶我去鄉裡看醫生。他明明說要帶我看「醫生」，卻載我來到一間外頭掛著一個膏藥招牌的接骨所。

「阿公，你不是說看……醫生嗎？怎麼來這裡？」我有點不安。

「筋骨的傷來這裡看，會比較快好。」阿公一副專家的姿態說。

「可是……」

我還沒來得及說出口，阿公已經自顧自的走進去了，我只好乖乖的跟著進去。

師父問了我受傷的經過，一手拉住我的左手，另一手在我的手肘摸摸按按的，叫我痛的地方要跟他講。摸了一圈後，說有一塊小骨頭被踢到移了位，喬回去就好了。

他像剛才那樣一手拉住我的左手，另一手扶住我的手肘，冷不防的由外向內、反方向一推，我「哎喲」的大叫一聲，頓時覺得天旋地轉，眼前發黑，一股想吐的感覺湧了出來，立刻倒在診療床上。

我的手肘好痛！一種痛入心扉的痛，一種椎心刺骨的痛，更是一種世界即將毀滅的痛！

在滿腦子的混亂中，師父在我手肘塗上冰冰涼涼的藥膏，再用紗布包起來，然後嘰哩呱啦的交代了一些話。他說了些什麼，我一句也沒聽進耳裡，因為我很亂，從頭亂到腳，從外亂到內！

坐進副駕駛座，那世界即將毀滅的痛還在，我整個人軟癱在椅子上。

阿公看了，問：「還在痛啊？」

我懶得開口，輕輕的「嗯」了一聲。

阿公一邊發動引擎，一邊說：「還沒有拿到一千萬，就先損失了五百元，還要『討皮痛』，真划不來啊！」

雖然阿公說得很酸，但他也沒說錯。我參加跆拳道校隊，奧運的一千萬獎金當然是個誘因。一千萬的皮毛都還沒看見，就先賠了五百，而且這五百還不知拿不拿得回來呢！

從鄉裡坐車回家，不需要多久的時間，我的手肘還沒痛完，貨車就停住了。我跳下車，兩腳忽然一軟，差點又跌坐在地上。幸好四周黑漆漆的，阿公看不到，不然，鐵定又會被他酸一頓。

進到屋裡，阿公說：「先去洗澡，洗完澡，早點睡覺，睡一覺起來，手就不痛了。」

「好。」我一面回，一面往房間走。

「阿志，等一下。」阿公忽然叫住我，問：「你的手……有沒有辦法洗？要不要我幫你洗？」

聽到阿公說「要不要我幫你洗」，我的不好意思隨即出現——雖然小時候阿公幫我洗了好幾年的澡，現在我已經國一了，若再讓阿公洗，那不是……

「不用啦！我自己可以洗。」我尷尬的說。

進到浴室，我開始寬衣解帶，過程中，只要動到左手肘，當然還是很痛，但和那種世界即將毀滅的痛比起來，只是小巫見大巫。

我把左手舉高，用右手洗，洗到一半，浴室外傳來阿公的聲音：「阿志，換下來的衣服不要洗，等一下我洗完澡，我再一起洗。」

「好。」我應了一聲——今天絕對是從我開始幫阿公餵豬以來，事情做得最少的一天！

# 16. 再見！阿肥

因為我的肘關節受傷，教練和老師又忙著加強即將參加比賽的學長、學姐的訓練，准許我休息一段時間，等傷勢復原後，再參加訓練。這樣一來，早上我不用趕著上學，放學後不用趕著到體育館地下室，也不用趕著回家，生活開始悠閒起來。

在家裡，像剁番薯藤、檢查餿水，還有洗衣服，這些需要動到左手肘的事，都被阿公包了，我好像回到剛來和阿公一起住的那段時間。

阿公怕我騎車不方便，說要開車接送我上下學。本來我也想，可是人家江文賢坐的是轎車，我卻是坐貨車，貨車和轎車比起來，層級差太多了，若是被江文賢看到，不是又要被他嘲笑嗎？若是被吳雅萱看到，不是很丟臉嗎？

想想，算了，我還是單手握把手、騎車上下學好了，只要小心一點，上學的路又很熟悉，應該不會有事的。

第八節課，又到了讓我鬆懈的時候。說真的，我不知該感謝那個豬頭議員，還是該怪罪他？

今天排的是國文輔導，來的是國文老師，他進教室後，先和同學閒聊幾句，然後固定式的說了句「自己看書，有問題的可以問」。我不知道我有沒有問題，就算有，也不知從何問起，那就當作沒問題，開始鬆懈吧！

「老師，我有問題。」有人出聲了，是坐我旁邊的吳雅萱。

國文老師看看吳雅萱，說：「什麼問題？你說。」

吳雅萱說：「昨天教的〈兒時記趣〉，我回家仔細讀了後，覺得有許多不合理的地方。」

國文老師張大眼睛看著吳雅萱，說：「你說說看。」

吳雅萱說：「『余憶童稚時，能張目對日』，就算是大人，直接用眼睛看太陽，都會覺得不舒服，甚至可能對眼睛造成傷害。小孩子眼睛還沒有發育健全，直接看太陽，受傷會更重，甚至瞎掉，沈復怎麼可能『張目對日』？」

國文老師點點頭，沒有出聲。

吳雅萱又說：「後面的『捉蝦蟆，鞭數十，驅之別院』，小小一隻蝦蟆被鞭打了數十下，就算沒有血肉模糊，也一命嗚呼了，哪可能還『驅之別院』？所以我覺得沈復根本就是亂寫！」

聽了吳雅萱的問題，國文老師說：「嗯！你很細心，能發現這些不合理。只是，沈復是清朝人，已經死了一、二百年了，我們沒辦法找他當面問清楚，所以純粹欣賞、閱讀就好，你真的很細心！」

哇！吳雅萱不但細心，而且厲害！同樣讀〈兒時記趣〉，她竟然能發現這些不合理！不像我，讀來讀去，只覺得很有趣，還覺得沈復小時候的視力很好而已——都是那個豬頭議員不好，害我和吳雅萱的差距越來越大！

終於放學了，我悠閒的騎著腳踏車回家。

騎進鄉間小路後，因為四周空曠，沒有遮蔽的東西，陽光從西邊斜射到我臉上。我想到「張目對日」，就試驗的轉過頭，兩眼盯著太陽看。才一下子而已，眼睛就不舒服了，回過頭，我把眼睛張張閉閉了幾次，眼前出見一團黑黑的，還一直流眼油。

我覺得吳雅萱說的沒錯，人是不可能張目對日的，沈復果然亂寫！

回到家，我很意外——我已經提早回家了，阿公也提早把番薯藤剁好了！

「阿公，你怎麼這麼早就把番薯藤剁好了？」我問。

阿公說：「大廟的慶典快到了，等一下代表要來載阿肥走，我怕時間太趕，所以提早剁了。」

「載阿肥走？」我很訝異。

「因為阿肥是代表『養』的，所以要先載到他家去。」阿公說。

怎麼這麼快！感覺才剛把阿肥移到「總統套房」而已，牠就要被載走了！可能是今天晚上，可能是明天，牠就會被……我腦子裡出現一隻豬被殺的畫面，雖然有點模糊，但，就是阿肥！

我不自覺的來到豬舍，看著躺在「總統套房」裡的阿肥。牠閉著眼睛——牠的眼睛早被肥肉擠成一條線了，安安穩穩的睡在沙床上，一副不知道牠的大限到了的樣子。雖然我一直沒有很喜歡牠，突然間，我有點難過，有點不捨。

不久，一輛轎車和一輛卡車在外面停下來，代表帶著七八個人來載阿肥了。

進到豬舍，看到阿肥後，那七八個人你一句、我一句的說：

「啊！是這一隻啊！」

「這麼小，怎麼算是神豬？」

「這麼瘦，應該不會得獎吧！」

……

「時間太趕了，才養了幾個月而已，能養成這個樣子，算不錯了。」這些話本來應該是阿公說的，代表卻搶著說了。

帶頭的人看了阿肥後，認為阿肥還沒有胖到不能動，打算把阿肥趕進鐵籠子裡，用鐵籠子把阿肥抬走。

阿肥大概知道大難臨頭了，那些人趕牠的時候，牠抵死不從，任憑人家怎麼推，牠就是不進鐵籠子，嘴裡「嗯」「嗯」的尖叫著，甚至用鼻子去頂撞鐵籠子，撞到嘴巴都流血了。

隔壁豬圈阿肥的兄弟姐妹們聽到阿肥「嗯」「嗯」的尖叫，也跟著尖叫、起騷動，好像在替阿肥叫屈的樣子。

折騰了一陣子，帶頭的人決定換個方式——他們把阿肥壓倒在地上，用麻繩把牠的兩隻前腳綁在一起、兩隻後腳也綁在一起，再拿一根粗木棍穿過兩雙腳之間的縫隙，把阿肥倒吊過來，用抬的抬上卡車。

阿肥被壓倒綁腳的時候，痛得「嗯」「嗯」大叫；被倒吊抬上卡車的時候，同樣「嗯」「嗯」的大叫，好像在叫「我不要」「我不要」。隔壁豬圈阿肥的兄弟姐妹們也一樣，「嗯」「嗯」聲從一開始就沒有停過，彷彿在說「不要抓牠」「不要抓牠！」

阿肥被抬上卡車後，代表和阿公寒暄了幾句，又塞給阿公一個信封袋，就帶著那群人載著阿肥離開了。看著卡車越開越遠，我彷彿又聽到阿肥「嗯」「嗯」的尖叫聲，那麼的淒厲，那麼的刺耳！

阿公生了火煮番薯藤，番薯藤降溫後，用推車推去豬舍餵豬隻。旁邊「總統套房」裡，蚊帳已經拿掉了，沙床還在，但被阿肥掙扎成了一堆散沙——從今天晚上起，阿公不用再替阿肥調製特餐了。

說到阿肥，剛才忘了向牠道別，現在我要補說一句：阿肥，再見！再見，阿肥！願你……好好的去當「神」吧！

# 17. 廣場上的阿肥

早上，江文賢一進教室，不管有沒有人聽，就大聲嚷著：「我告訴你們喔！我爺爺養的神豬得了特等，今天起，會在大廟的廣場展出，你們有空可以去看看。」

看江文賢那副炫耀的模樣，我很不屑的在心裡說：「屁啦！哪是你爺爺養的？根本就是花錢請別人養的！」

江文賢的爺爺「託人養」的神豬拿了特等獎，是他勢在必得的，那阿肥呢？牠有沒有得獎？或是得了什麼獎？如果沒有得獎，牠的苦不就白受了？牠的命不就白丟了？

突然，我很急的想衝到大廟前的廣場，去看看阿肥有沒有得獎。可是我才剛進教室，課都還沒有開始上，只好等放學後再去。

等的滋味是很奇怪的，不刻意的等，時間就過得很快，快到讓人措手不及，就像前兩天阿肥突然被載走那樣；刻意的等，時間就過得很慢了，就像現在，我等著放學後去看阿肥，可是時間就像烏龜走路一樣，慢到讓人搥心肝！

一節、兩節、三節……終於來到第八節。

第八節只是「自己看書，有問題的可以問」而已，不用怕老師上課，也不用擔心沒聽到課，我本來想用「和醫生約好要換藥，這節課請假」當藉口，溜去大廟看阿肥，可是又沒有那個膽，只好壓抑著內心的期待，再忍一節課。

鐘聲剛響，我抓了書包就往外衝。「朱孝志，你跑那麼快做什麼？」班導的聲音響起：「回來坐好。」我臉一熱，像小偷那樣躡手躡腳的回到座位。

班導說：「今天開始，大廟有一系列的慶典活動，你們可以去參觀，但要注意不要玩太晚，也不要和他人發生衝突……」

班導叫我回來，只是為了說這個？三歲小孩都知道不要玩太晚、不要和他人發生衝突呀！班導又嘰哩呱啦的交代一些話，什麼話，我一句也沒聽進耳裡，因為我急著去大廟。

班導放行後，我三步併作兩步的衝到車棚牽車，然後右腳踩、左腳踩，兩腳輪流猛力踩，一路向大廟騎去。來到大廟前，廣場上已經聚集許多看神豬的人，我也擠進人群裡看。

最大那隻是江文賢他爺爺的，他早上說過牠得特等。那阿肥呢？接下來幾隻雖然有大有小，可是每隻都是一樣露著白白的身體、頭上留著一直行黑毛、嘴裡含著一顆鳳梨，如果不分大小，簡直就像多胞胎，哪一隻才是阿肥？

「阿肥是那個代表託阿公養的，有沒有得獎，或是阿肥是哪隻，代表應該會告訴阿公！」於是我從人群擠出來，跨上腳踏車，右腳踩、左腳踩，兩腳輪流猛力踩，我要回家問阿公！

回到家，停好腳踏車，我立刻進屋找阿公，阿公不在屋裡。我繞到豬舍找，找到了，阿公正在整理番薯藤。

「阿公！」我上氣不接下氣的叫。

「你怎麼喘成這個樣子？發生什麼事了？」阿公問。

我調整好呼吸，說：「剛才我去大廟看神豬，可是看不出哪一隻是阿肥，就衝回來問你。」

「就第五等那隻呀！」阿公說：「牌子上寫著代表的名字『古順

財』那隻。」

聽完，我丟下一句「我先去看阿肥，等一下再回來幫忙餵豬」，不等阿公在後面「阿志！阿志」的叫著，轉身就出門了。

再次來到大廟前的廣場，我直接擠到第五等、牌子上寫著「古順財」那隻豬前面。在我面前的是阿肥，牠和別的豬一樣露著白白的身體、頭上留著一直行黑毛、嘴裡含著一顆鳳梨，因為牠的嘴不夠大，含著鳳梨，樣子怪怪的。

兩、三天前，阿肥還安安穩穩的躺在蚊帳裡、沙床上，現在卻沒了呼吸，光著身子在這裡給人看、給人品頭論足……看到阿肥這個樣子，我想到之前常常罵牠、搥牠，甚至用跆拳「啊殺」的踢牠，忽然覺得很鼻酸、很後悔——如果時間可以倒流，我一定不會罵牠、搥牠、「啊殺」的用跆拳踢牠！

聽旁邊的人說，上次有個立法委員召開記者會，批評養神豬是不人道的行為，呼籲大家停止養神豬。或許是受到那個立法委員的影響，今年參加神豬比賽的人減少了，像阿肥這種不夠分量的小神豬才能得獎……

既然阿肥不夠分量，那就規定「不夠分量的不准參加神豬比賽」嘛！這樣阿肥就可以多活一段時間了呀！

忽然，我的肩膀被人拍了一下，「朱孝志，你也來看神豬啊！」隨之響起。

我轉頭看，是江文賢。我還在鼻酸，怕開口說話會露出馬腳，只輕輕的「嗯」了一聲。

「你怎麼看這隻小的？要看就看特等的、我爺爺養的那隻啊！」江文賢臭屁的說。

我沒有說話，只很不屑的偷瞪江文賢一眼。

「我告訴你喔！」江文賢接著說：「為了慶祝神豬拿特等，我爺爺要辦桌請客耶！」

辦桌請客！就是有江文賢他爺爺那種好面子的人，還有鄉民代表那種愛出名的人，廣場上這些原本很平凡的豬才會承受那麼多苦，被強迫著當神豬，才會被殺！

長大後，我如果當了什麼大官，一定要規定人民不准再養神豬！

「朱孝志，你阿公不也在養豬嗎？叫他也來養神豬，下次大廟慶典時，和我爺爺比個高下。」江文賢說。

我轉頭瞪江文賢一眼，冷冷的說：「我阿公……對這個沒興趣！」——其實，我說得很心虛。

離開廣場前，我特地多看了阿肥幾眼，這次，我來得及對阿肥說

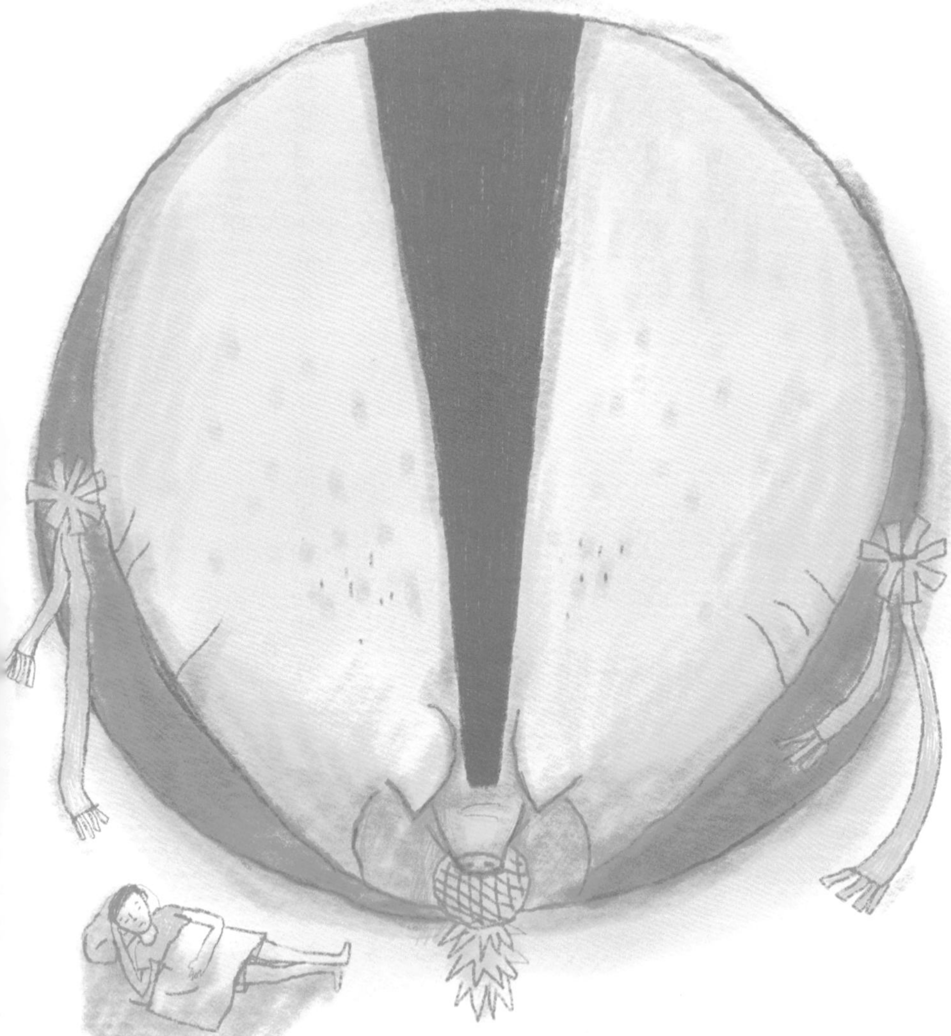

「阿肥，再見！再見，阿肥！願你……快快樂樂的去當『神』！」

了，只是，阿肥聽不到了！

騎車回家時，我的心情很低落，覺得踏板好重、踩不動；餵豬時，我的心情很低落，覺得番薯藤很重、舀不動；吃晚餐時，我的心情很低落，覺得飯很硬、嚼不動……

躺到床上，我的心情還是很低落，一閉上眼睛，眼前就浮現阿肥露著白白的身體、頭上留著一直行黑毛、嘴裡含著一顆鳳梨的樣子……

# 18. 來不及道別

肘關節的傷勢復原了，我又恢復了「正常」的生活模式——早上到校後，先去體育館地下室練跆拳，接著上八節課，每週一、三、五放學後練跆拳，然後回家幫阿公剁番薯藤、檢查餿水、餵豬。在所有的正常中，唯一的不正常，就是不用再餵阿肥了。

「總統套房」裡當阿肥沙床的沙，被阿公移去鋪路，當時拉的鐵絲和延長線，也被阿公撤掉，看樣子，或許他以後不打算再養神豬了。

每次餵豬的時候，我總會忍不住看「總統套房」一眼，回想著阿肥的霸道，回想著阿肥的貪吃，還有牠露著白白的身體、頭上留著一直行黑毛、嘴裡含著一顆鳳梨的樣子……說真的，雖然以前我不怎麼喜歡牠，現在卻滿想念牠的！

最後一節是國文輔導，來的是國文老師，我也很順其自然的進入鬆懈狀態。

忽然，國文老師走到我旁邊，說：「這位同學，我們認識這麼久了，都沒聽你發問過，你有沒有問題？」

「我……沒有問題。」我尷尬的答。

「沒有問題分為兩種，一種是我都懂，所以沒問題，另一種是我都不懂，不知道哪裡有問題。請問你是哪一種？」國文老師看著我。

我看看國文老師，四目相對了一會兒，說：「我……兩種都是。」說完，教室裡響起一陣小小的爆笑。

國文老師笑一笑，說：「嗯！你很坦白，我喜歡你這種人。不過，我希望你當前一種人。」

當前一種人！我也希望呀！只是……好像有點難就是了！

鐘聲一響，同學們紛紛動作迅速的整理東西，收拾書包，走出教室。

「吳雅萱，等我啦！你不要每次都走這麼快好不好？」

「我今天不去補習，等你做什麼？」吳雅萱問。

「不去補習？那你要去哪裡？」

「我要去看醫生，你要不要一起去？」吳雅萱有點不耐煩。

「看……那你自己去好了。」

「看醫生！吳雅萱生病了嗎？她生什麼病……哎！不管生什麼病，都祝她早日康復就是了。」我一邊走向體育館地下室，一邊想。

去比賽的學長、學姐帶回來很豐碩的成績，那個把我踢傷的學姐還得到她那個量級的金牌。算起來，我也是有功人員之一，因為我有陪她對練。為了表達把我踢傷的歉意，學姐特地買了個紀念品送我。她拿給我的時候，看到的隊友都起鬨著喊「喔」，害我不好意思的想……想跑出地下室。

這麼瘦削的學姐都能拿到金牌，我當然也可以，所以我要向學姐看齊，為了奧運的一千萬而努力。心裡這麼想，我練得更賣力，「啊殺」「啊殺」的踢得更起勁了。

走出地下室，天空竟然下起滂沱大雨。書讀不好沒關係，書包和書得保護好，我四下尋找，很幸運的找到一個垃圾袋——拜打掃的同學不負責任所賜，把書包包起來，冒雨騎車回家。

回到家，只見阿公坐在門口，一邊吸著菸，一邊欣賞雨景，一副悠閒自在的模樣。

「雨下這麼大，你幹麼冒雨回來？」阿公說。

「我……沒帶到雨衣。」我說。

阿公吐了一口菸，說：「沒帶雨衣，你可以等雨停了再回來呀！」

「等雨停的話，我怕趕不回來幫忙餵豬。」我解釋。

阿公又吐了一口菸，緩緩的說：「豬……不用餵了。」

「不用餵！為什麼？」我很訝異。

阿公說：「今天有人來看豬，開的價錢不錯，我就把豬通通賣了。」

把豬通通賣了！我以為阿公騙我，把書包隨地一放，三步併作兩步的衝到豬舍看，果然，豬圈裡空空如也，一隻豬的影子也沒有。阿公真的把豬通通賣了，一隻都沒留下！

看到那一窩有一半是我養大的豬被阿公賣了，我真的不能接受，很想去質問阿公：養豬我有一半的貢獻，要賣為什麼不先告訴我？不跟我商量？這樣忽然就賣掉了，我都沒有見到豬隻最後一面，還來不及跟牠們說再見……

但想想，豬是阿公養的，我只是幫忙而已，根本沒有權利干涉阿公賣不賣，也沒有資格質問阿公，我的不平和不捨，只能往肚子裡吞！

最近，這種生離死別的事接二連三發生，真的讓我有點承受不住。先是阿肥，兩天前還是活生生的，兩天後就去當「神」了；接著是阿肥的兄弟姐妹，早上還活蹦亂跳的，傍晚就被賣到一隻不剩，我的難過與不捨，真的只能往肚子裡吞！

看著豬圈，我想起俗仔，阿肥在的時候，牠老是被阿肥欺負。阿肥住進「總統套房」後，牠又被豬哥欺負，果然俗仔就是俗仔！還有豬哥，牠老是喜歡騎人家、想和人家「親熱」，現在，牠還沒來得及跟人家真正「親熱」，可能已經……我甩甩頭，不敢再想下去！

阿公大概知道我心情不好，沒找我，也沒叫我，一直到吃晚餐了，他才出了一聲「阿志，吃飯了」。

餐桌上，一鍋白飯、一盤淋了醬油的燙番薯葉，還有半隻烤雞——一定是阿公用賣了豬隻的錢買的。看著眼前這盤烤得香噴噴、油亮亮的烤雞，若是平常，我一定會食指大動，胃口大開，可是現在卻一點胃口也沒有。

阿公看我一直沒有動筷子，把烤雞推到我面前，說：「吃呀！這是買給你吃的，客氣呀？」

我不是客氣，我也知道是買給我吃的，可是……這是用賣豬的錢買的耶！想到豬，我鼻子一酸，眼眶一熱，「砰」的放下碗筷，一股腦兒的往外衝，沿著那條閉著眼睛都可以騎車的路，一直跑，一直跑，跑到我喘不過氣才停下來。

我哭了，我的淚水潰堤了——這是我和阿公一起住以來，第一次這樣的哭。在漆黑的夜裡，我對著空曠的四周，大聲的嘶吼「俗仔，再見！」「豬哥，再見！」「阿肥的兄弟姐妹，再見！」……

這附近人煙罕至，尤其在夜裡，任憑我喊破喉嚨，沒人聽得到，也沒人回應。

再次回到家，阿公睡了，我也累了，隨便沖了個澡，我往床上一躺……

# 19. 午餐的炸豬排

經過剛才一番「啊殺」「啊殺」的拳打腳踢，我又滿頭大汗了。出了地下室，我一邊走回教室，一邊用毛巾擦汗，身上才不會充滿「運動員的味道」。

早餐，吃的還是一成不變的稀飯，經過剛才的踢踢打打，稀飯裡的水已經變成汗流掉了，飯也化成熱能消耗光了，還沒上第一節課，我的飢餓感就出現了。

我一直想跟阿公說，早餐是不是可以不要老是吃稀飯，換一些包子啊、饅頭啊，或是像吳雅萱常吃的麵包啊，不但有變化，營養也比較均衡。

可是，生長在不健全家庭裡的經驗告訴我：吃飯的人要尊重煮飯的人，沒事最好不要多提意見。萬一阿公被我嫌得火大了，叫我自己起來煮，不是更倒楣嗎？所以，吃飯的人千萬不要嫌煮飯的人！

不過，今天我可是有準備的。昨天，阿公煮了幾條番薯當點心，沒有吃完，我今天帶了一條，等一下如果真的餓到受不了，再找個地方躲起來吃。

進到教室，一坐下，我就看到吳雅萱桌上的麵包，仔細看，是菠蘿麵包，雖然沒有椰子麵包那麼香，但還是引起我的食慾，頓時，我的口腔滿是口水，趁吳雅萱沒看到，我「咕嚕」的吞下去。

這節是數學課，教的是同學們戲稱「一塊錢玩一次」的一元一次方程式。我雖然成績不是很理想，有很多科目讓我頭痛，數學卻是唯一讓我有濃厚興趣的科目，所以聽著聽著，我進入到「一塊錢玩一次」的世界裡，忘了肚子餓。

數學老師講了兩道例題後，在黑板上出了一道題目，要同學們練習做，並叫江文賢和我到黑板上算。

「3X＋2＝X＋6，這麼簡單的題目，簡直是侮辱我的智商嘛！」我拿起粉筆，把右邊的X移到左邊，再把左邊的2移到右邊，相減、相除後，X＝2——答案出來了。

看看旁邊的江文賢，他還在移來移去。他不是有上補習班嗎？竟然比不過我這個沒上補習班、養豬人家的孫子！能打敗江文賢，我真是快樂得不得了！

下課後，我離開了「一塊錢玩一次」的世界，肚子的飢餓感又出現了，但我沒有拿番薯出來吃，而是像往常那樣，到飲水機前灌水。

灌著灌著，江文賢「朱孝志，你喝夠了沒」的聲音又在背後響起。我沒有理他，繼續又倒了一杯。

「真倒楣，每次來喝水都遇到你！」江文賢說。

我一邊喝水，一邊在心裡說：「我才倒楣咧！每次喝水都被你這個不散的陰魂跟著、催著。」

江文賢大概等得不耐煩了，冷言冷語的說：「朱孝志，你們家是不是窮到沒東西吃，所以你一直喝水？」

聽到這句話，我很生氣，決定好好整整他，於是猛的轉過身，假裝不小心撞到他，把杯子裡的水倒在他身上。

江文賢大叫：「朱孝志！你把水倒在我身上了啦！」

「對不起！對不起！我不是故意的，因為你擋住我的路呀！」我假裝滿懷歉意的說，然後自顧自的進教室。

旁邊的吳雅萱正和同學說話，說得比手畫腳，手一揮，竟然把桌上的麵包掃掉在地上。我看了，彎下腰把麵包撿起來，交給吳雅萱。

「這個麵包……好香啊！」我說。

「想吃嗎？請你吃。」吳雅萱笑著說。

我有點受寵若驚，問：「請我吃！真的嗎？」

「真的呀！」吳雅萱說：「你拿去吃吧！反正我也不餓。」

既然吳雅萱這麼說，我就不客氣了，顧不得吳雅萱是真心請我吃，還是因為掉在地上，她怕髒了不敢吃，才請我吃，於是麵包又回到我的手裡，一塊一塊的進到我嘴裡，一口一口的吞到我的肚子裡。

因為吳雅萱的菠蘿麵包，我止住了飢餓，番薯也不用拿出來丟人現眼。雖然那個菠蘿麵包還不足以填飽肚子，卻讓我一直撐到午餐時間，真是太感謝她了！

排隊盛飯、打菜時，我看到今天的主菜是炸豬排，看到豬排，我腦海裡立刻浮現俗仔、豬哥，還有牠們的兄弟姐妹。餐盒裡的豬排或許是俗仔身上的肉，或許是豬哥身上的肉，或許是牠們兄弟姐妹……想到這裡，即使我很餓、胃口很旺，還是決定跳過豬排不夾，多夾其他的菜。

開動後，班導巡視餐盒，發現那塊豬排，問：「還有一塊豬排，是誰沒夾？」

我左右張望後，緩緩舉起手。

班導看看我，問：「朱孝志，你是不是又不忍心自相殘殺了？」

我搖搖頭，沒有說話。

「既然這樣，就給別人吃吧！」說著，班導看向同學，問：「這塊豬排有誰要吃？」

「我要！」有人出聲了，是江文賢。

「朱孝志，江文賢想吃，給他你覺得可以嗎？」班導問。

可以嗎？當然不可以！上次他吃了我一塊滷豬排，事後說要還我，到現在還沒有還。還有上次上國文課，他當著全班面前說我身上有豬味，讓我當時很難堪，這些帳我還沒有跟他算呢！想吃我繳午餐費買的的豬排？門都沒有！

「不可以！」我直截了當、斬釘截鐵的答。

「那……剩下的這塊豬排怎麼辦？回收了不是很可惜嗎？」班導看著我，意有所指的說。

我知道班導話中的意思，朝全班環顧一圈後，本來想給吳雅萱吃，感謝她的贈麵包之恩，但怕她以「吃太多油炸的會變胖」為由拒絕，所以我決定給那個胖子吃，他的食量也很大，而且不會讓我當眾難堪。

沒吃到我的豬排，江文賢一定很失望，被我在同學面前拒絕，他一定也感到很難堪。我也知道這樣做很過分，但我就是要給江文賢一個教訓，讓他知道上次他在全班面前說我身上有豬味時，我有多不堪！

午餐後，那個胖子滿嘴油膩的來向我道謝。看到他那個樣子，我發現我好像做錯了：他已經夠胖了，我竟然還把炸豬排給他吃！

# 20. 加油！豬小子

訓練結束，我背著書包，提著被汗水浸溼的道服，到車棚牽了腳踏車，跨上後，右腳、左腳，右腳、左腳的往前騎。今天雖然是星期五，因為阿肥和牠的兄弟姐妹都不在了，我不用趕回家幫忙餵，所以可以很悠閒的慢慢騎回家。

騎出鬧區，進入鄉間小路，眼前的景色從灰色變成綠色。

記不清楚是國小一年級，還是二年級時，有一次，老師來家裡做家庭訪問，機車騎進這條路之後，看到四周空曠沒有人煙，越騎越害怕，怕到家訪結束後，不敢自己騎回鄉內，叫我騎腳踏車陪她——可見我和阿公住的地方有多麼的與世隔絕！

回到家，阿公又坐在門前吸菸，我停好腳踏車，從他身旁走過，直接進到屋裡——自從賣掉豬隻後，我和阿公之間又沒了話題，除了一些形式上的問答，幾乎很少對話，見面，靜靜的；吃飯，靜靜的，睡覺……睡覺本來就靜靜的！

老實說，自從賣掉豬隻後，生活一下子從忙碌變成悠閒，從有事做變成沒事做，直到現在我都還不習慣呢！相信阿公也是，不然，他就不會老是坐在門前吸菸了……

我把番薯藤舀進飼料槽裡，豬隻們立刻擠過來爭食。霸道的阿肥又把俗仔擠到「嗯」「嗯」叫，豬哥把兩隻前腳搭在俗仔背上，也把牠騎到「嗯」「嗯」叫。我喊了一聲「阿肥，豬哥，你們兩個欠揍啊」，接著跳進豬圈，「啊殺」的搥豬哥一拳，「啊殺」的踢阿肥一腳。

忽然，「啪」的一聲，有人在我肩膀打了一下，我一痛，定眼一看，眼前是熟悉的天花板，周圍是熟悉的環境……原來我作夢了！難得的一個能夠睡到自然醒的星期六，雖然醒了，因為沒事可做，我就繼續賴在床上。

不久，房間外面傳來阿公的聲音：「阿志，可以起來了，太陽都已經曬到屁股了。」

「好。」我懶洋洋的應了一聲。

走出房間，阿公一看到我就說：「不用養豬，你就開始懶散了，看來，你還是比較適合養豬。」

我沒有回應，心裡卻想：「我才不要養豬咧！我的目標是奧運一千萬獎金。」

「先去吃早餐，吃完，來幫忙整理豬圈。」阿公說。

「整理豬圈做什麼？」我問。

「看你太閒啊！沒事找些事給你做。」阿公答。

太閒！我以前不閒的時候，阿公為什麼不說話？我不再自找麻煩，吃過早餐後，閉著嘴巴，幫忙把豬圈整理好。

阿公拿了兩條延長線，拉好後，在豬圈裡安了兩盞燈。我很好奇，又自找麻煩的問：「阿公，這裡又沒有人，安這兩盞燈做什麼？」

「取暖呀！」阿公答。

「取暖？給誰取暖？」我不解的問。

阿公說：「當然是給豬呀！不然給你啊！」

給豬取暖！難道阿公又要養豬了嗎？可是他並沒有提起過呀！

下午，一輛小卡車在外面停下來，我和阿公出去看，只見卡車後斗載著兩個鐵籠子，籠子裡各有幾隻小豬。

司機對阿公說：「豬給你送來了，一共十隻，你點點看。」

阿公說：「我相信你不會騙我啦！來，麻煩你幫我移到後面豬圈裡。」

那個人幫阿公送豬來，阿公請他幫忙移到豬圈裡……阿公果然又要養豬了！說什麼我比較適合養豬？明明就是他比較適合，明明就是他比較想養！

小豬被放到豬圈裡後，可能是怕生、對環境不熟悉，全都瑟縮的擠在角落裡，兩隻眼睛不停的看呀看。那小小圓圓的身體、小鼻子、小耳朵，還有短短的小尾巴，說多可愛，就多可愛，可愛到讓我好想抱一隻來把玩把玩。

我問阿公，為什麼不在上一窩留下一隻母豬，讓牠生小豬，反而花錢買小豬來養？阿公說，我們不是企業化的飼養，沒有接生小豬、養小豬的經驗，萬一養死了會虧本，不如買存活率較高的小豬來養，比較划得來。

阿公說的，我也不知道有沒有道理，但論起養豬，阿公比我有經驗，所以，他認為是對的，那就是對的！

剁番薯藤時，阿公提醒我：小豬剛開始自己吃東西，番薯藤要剁細一點，牠們吃的時候，才不會噎到。為了把番薯藤剁細一點，我多花了一些時間，也多剁了好幾十下，累到我的手臂都快舉不起來了。

番薯藤煮熟、降溫後，阿公還倒了一些牛奶進去，攪拌後才給小豬吃。他說：這是他的祕方——小豬剛開始自己吃東西，怕牠們吃不習慣，加一些牛奶進去，讓小豬誤以為吃的是奶，牠們就會吃了。

番薯藤舀進飼料槽後，小豬們還是瑟縮的擠在角落，沒有像當初阿肥牠們那樣擠過來爭食。

「阿公，牠們怎麼不吃？」我問。

「別急，再等一等。」阿公說。

我靠在欄杆上等了又等，可能是聞到番薯藤或牛

奶的味道，其中一隻帶頭慢慢靠近飼料槽，低頭聞了聞，張開嘴巴，「嘖」「嘖」的吃起來。其他的小豬看了，也一隻接一隻的靠過來吃，一時之間，「嘖」「嘖」的咀嚼聲此起彼落的響著。

小豬吃的時候，有一隻因為擠不到位置，而把兩隻前腳搭在另一隻的背上，還有一隻又是擠、又是頂的，把旁邊一隻擠到「嗯」「嗯」叫——這三隻像極了當時的豬哥、阿肥和俗仔！

想到牠們跟我一樣，小小年紀就離開媽媽，趁阿公離開時，我進到豬圈裡，心疼的摸摸這隻、摸摸那隻，小聲對牠們說：「你們要好好相處，不要擠、推、頂，也不要太貪吃，才不會被選去當神豬養喔！」

另外，我還個別和那三隻很像豬哥、阿肥和俗仔的小豬說了一些話，說什麼話？只有我和牠們知道！

阿公又開始養豬了，真好！我又要開始過「正常」生活了，我的身上又要開始有豬的味道了，但我會記得澡洗乾淨一點，衣服換勤快一點！

加油！豬小子們！我會幫忙阿公好好照顧你們，你們也要健康長大喔！還要記得：不、要、太、貪、吃！

九　歌　少　兒　書　房　2　8　7

# 啊殺！豬小子

國家圖書館出版品預行編目 (CIP) 資料

啊殺！豬小子 / 李光福著；蘇力卡圖 . -- 初版 . --
臺北市：九歌出版社有限公司 , 2022.04
　面；　公分 . -- (九歌少兒書房；287)
ISBN 978-986-450-426-8( 平裝 )
863.596　　111002545

作　　者——李光福
繪　　者——蘇力卡
責任編輯——鍾欣純
創 辦 人——蔡文甫
發 行 人——蔡澤玉
出　　版——九歌出版社有限公司
臺北市 105 八德路 3 段 12 巷 57 弄 40 號
電話／02-25776564・傳真／02-25789205
郵政劃撥／0112295-1

九歌文學網　www.chiuko.com.tw

印　　刷——晨捷印製股份有限公司
法律顧問——龍躍天律師 ・ 蕭雄淋律師 ・ 董安丹律師
初　　版——2022 年 4 月
定　　價——280 元
書　　號——0170282
I S B N——978-986-450-426-8
9789864504312（PDF）